転生した私は幼い女伯爵

後見人の公爵に餌付けしながら、領地発展のために万能魔法で色々作るつもりです

1

もーりんもも

ill.呱々唄七つ

tenseishita watashiha osanai onnahakushaku

contents

第一章

伯爵家の当主になりました

tenseishita
watashiha osanai
onnahakushaku

正装されたお父様が、ソワソワしながら花嫁の入場を待っていらっしゃいます。

我が家の小さなホールでは、参列された皆さまが貴族特有の、「万事心得ておりますよ」というお顔で、にこやかに祝福する客を演じていらっしゃいます。

大人の中に子どもが一人だけ紛れ込んでいることに、お父様は気づかれていないようです。

『訳あり』の場合は、結婚式と銘打ってお客様を呼ぶよりも、婚姻の手続きを済ませた後、夜会等で後妻のお披露目を行うことが多いと、ずいぶん前に耳年増な親友から聞いたことがあります。

ホールに入る前にご挨拶させていただいた方たちは、皆さま口々に、私とどういう間柄なのかをおっしゃっていました。つまり、親族の方ばかりで他家のお客様はいらっしゃっていないということです。

――これはつまり、『訳あり』なのではないでしょうか？

それなのに式を挙げるということは、後妻の座を射止めた女性が、お父様に我が儘《まま》をおっしゃったに違いありません。義理の娘になる私は、その方とご挨拶すらしておりませんけれど。

お父様は私の存在など気にされたことがないので、私とその方との関係を――いえ、関係があることさえ思い出されることがないのでしょう。

なにせ私はこの結婚式に、お父様から、「出席するように」とは言われていないのです。

親族のどなたかが、私の支度は大丈夫かと使用人にお尋ねになったらしく、その結果、久しぶりに侍女の手でドレスを着させてもらったにすぎません。時間がなくて湯浴みまではしてもらえなかったのですが……。

でもそのお陰で、今日のお昼は久しぶりに美味しいごはんが食べられそうです。

「新婦アンヌ様がご入場なさいます」

ホールの大きなドアが左右に開かれ、真っ白なウエディングドレスに身を包んだ女性が、颯爽と歩いて入っていらっしゃいました。

そのドレスは恐ろしいほど贅沢に布を使っています。ドレープとプリーツを上手く組み合わせて豪華さを演出したデザインのようです。

お父様は、お母様と違って派手な方がお好きなのでしょう……。

「……な！　……マ、マチルド。どうして――」

呆然としたお顔のお父様が、それだけしか言えずに立ち尽くしていらっしゃいます。

あら？　マチルド様？　新婦はアンヌ様とおっしゃったように思うのですが……？

「ちょっとぉぉ!!　何してくれてんのよぉ!!　私の結婚式よぉぉぉっ!!」

鬼の形相で叫びながら、これまたフリフリの純白のドレスに身を包んだ女性が、ホールに駆け込んでいらっしゃいました。

ドアを押さえていた使用人は顔を引きつらせながら、そっとドアを閉めています。

「お黙り！　泥棒猫の小娘がっ。私が結婚するはずだったのに、よくも邪魔してくれたわね！　ふんっ。伯爵様との結婚式で着るために仕立てたドレスを皆さんに見て頂かなくっちゃ」

「ふざけんなっ!!　伯爵様と結婚するのは、この私よっ。せっかくの見せ場を、よくも台無しにしてくれたわね！　今日の、この結婚式は、伯爵様と私の結婚式よっ！　お前みたいな意地悪な年増、捨てられて当然よっ!!」

美しく着飾った女性同士が口汚く罵りあっています。これは、いつぞや親友が目を輝かせて言っていた、『修羅場』というやつではないでしょうか。

お父様と結婚されるということは、アンヌ様はおそらく貴族令嬢のはずです。

もしかしてマチルド様は平民だから結婚できず、お父様に捨てられたのでしょうか。酷いことをなさるものです……。

はぁ。亡きお母様から、こういうときは子どもの特権を使えばいいと教わっています。「大人の世界はよくわかりません」という無邪気さで、お子ちゃま然としていればいいのだと。

……え？

ちょ、ちょっと、お待ちを――。

ちょっとお待ちください！

ドレスの布が邪魔でよく見えなかったのですが、お二人が揉み合ってすぐにアンヌ様のドレスに赤いシミが広がっていたような……？

それって――それって――。

あっ！　なんということでしょう！　マチルド様がナイフを持っていらっしゃいます。

「てめえもふざけんなよっ！」

……あ。マチルド様がお父様の方にナイフを向けました。やっぱり、お父様に対しても腹を立てていらっしゃるのですね。それはわかりますけれど。

ナイフを振り回すのは止《や》めていただけないでしょうか。怖くて、とても見ていられません。

私はお子ちゃまらしく、両手で目を覆って前屈みになり、現実から逃げることにします。すると

すぐに、どなたかの、「ぎゃあっ！」という悲鳴が聞こえました。

嫌です。本当に怖いです……。

もうそこからは悲鳴と怒号が飛び交いました。

何かの割れる音や、バリバリっと何かが壊れる音がしています。

うぅ。どなたかに押されて、私は床に転がってしまったようです。立ち上がろうとしたところを、

またどなたかに突き飛ばされて、私は激しい痛みに襲われました。

✦・✦・✦

目を覚ますと、頭がズキズキと痛んだ。

あれ？　今日って定例会議の日だっけ？　片頭痛がするのって、決まって月曜の朝なんだよね。

………………。

………………!!

「わ、た、し――」

体を起こそうとするとよろめいてしまった。信じられないくらいに脆弱《ぜいじゃく》！

それに体の感覚がおかしい。両手を開いたり握ったりしてみる。

「手ぇ――ちっちゃ」

何これ……。私はマルティーヌ・モンテンセン……。十二歳になったばかり……。

「――じゃないよ！　平林《ひらばやし》紀代音《きよね》ですけどっ！　ギリギリ二十代のアラサーですけどっ！」

そう口にした途端、マルティーヌが抗議するかのように彼女の記憶が溢《あふ》れてくる。

「知ってる。知ってるけど……。ちょっと待って。マジでどうなってんの？　嘘でしょ……？」

でもこの部屋は、王都にあるモンテンセン伯爵家のマルティーヌの部屋だし、私はあのゲス親父の結婚式で頭を打って、それで多分、気を失ったんだ。

――って、おいっ！　そうじゃない。そうじゃない。

私は昨日の夜、企画書の見直しをしていたじゃないの。五時間は眠りたいから一時には止めようって思っていたのに、結局三時までかかってしまって。

それでも朝食を抜けば三時間は寝られると思って、それから――。確か小腹が空いて一階に降りようと思って――。

……嘘。そこまでしか記憶がないわ。階段から落ちて死んじゃったとか？　それで異世界に転生した？

そんなこと言わないでよねー!!

髪の毛をかきむしって頭を叩《たた》いていたら、ドアをノックする音が聞こえた。

え？　今？　無理なんですけど。

「お嬢様？　まだお気づきではありませんか？　…………………。ドアを少しだけ開けさせていただきますね？」

私が返事をしなかったから寝ていると思われたようで、ドアを開けられてしまった。

「お、お嬢様！　お気づきに！　ああいえ。大変失礼いたしました」

知っている男性だった。

この家の――モンテンセン伯爵家の家令のレイモンだ。

「お嬢様。失礼いたします」

レイモンと入れ替わるように部屋に入ってきた少女は、マルティーヌ《私》よりも少し背の高い赤毛の女の子だった。この子のことは知らない。

「お嬢様。お初にお目にかかります。ローラと申します。ゆくゆくはお嬢様の専任侍女になるべく、レイモンさんの下《もと》で学んでおりました。お嬢様のご婚約が調《ととの》いましたらお仕えする予定でしたが、このようなことになり、なんと申し上げてよいのやら」

……レイモン。出来る家令だわ。あの父親がマルティーヌのことを何も考えていなかったことを知っていたんだ。

「そうだったの。よろしくね、ローラ」

「はい。誠心誠意お仕えいたしますので、こちらこそよろしくお願いします」

ローラはそう言って腰から四十五度、綺麗に曲げてお辞儀をした。

「わっ。あ。あのローラ。そんなに畏まらなくてもいいのよ」

「いえっ。そんな訳には。あ、あのそれよりも。レイモンさんがお嬢様とお話しされたいとのことです。ご気分がよろしいようであれば、湯浴みの後、お着替えをさせていただきたいのですが」

湯浴み！　あー湯浴みしたかったんだよねー、マルティーヌは。

「じゃあお願いしようかしら」

本当は飛び上がらんばかりに感激しているくせに、なぜかマルティーヌの記憶が、貴族風な鷹揚な言い方をさせる。


体と髪をローラに丁寧に洗われて湯船に体をつけていると、ホッと一息つけた。まだこの状況に理解が追いついた訳じゃないけど。

「何がどうなってんのよ」と、誰かを問い詰めたい――そう思う私と、そんな無作法なことはできないと首を振る私もいる訳で……。

お湯に浸かっていると、私の中のマルティーヌの緊張の糸が切れたみたい。これまでずっと息を潜めて生きてきたんだもんね。伯爵家の令嬢なのに、家族にも使用人にも面倒を見てもらえず、ずっと我慢してきたマルティーヌ。

あー。もしかしたら壊れる寸前だったのかも……。私が来たからには、いや私になったからには、もう二度と、絶対に、我慢なんてしないからね！

――とまあ、一人で勝手に興奮しても仕方がない。

マルティーヌのこれまでの記憶はあるけれど、今現在の、この体の持ち主はどうやら私みたい。

私が『主』で、マルティーヌが『従』？　うわっ。何それ？　やっぱ落ち着ける訳がない。

うーん。あー。ちょっと思考を放棄したいわ。ポテチを一袋完食して、アイスとチョコを食べて横になりたい。

——なんてことを考えると、マルティーヌだった私がギョッとする。

はいはい。わかりましたよ。

といっても、今や私は十二歳の子ども。しかも文字通りの箱入り娘。なーんにも知らない。この世界で子どもが、いや、特に女性ができることなどほとんどないことだけは確か。

しばらくは、面倒なことは全部大人に丸投げして、責任やら義務やらとはおさらばしよう。

とりあえずは目の前のことだけを考える。聞かれたことにだけ、「はい」か「いいえ」で答えよう。

「お腹が空いたか」と聞かれたら、「はい」。「疲れたか」と聞かれたら、「はい」。

ゴールなんか見ないで、ボードゲームのマス目を地道に一マスずつ進む。サイコロなんて振らないで、目の前の一マスだけを見ていくつもりでね。

私は頭の中でぐるぐる考えていたけど、口だけはしっかり閉じていたから、ローラに不審がられずにすんだ。ローラも初対面の主人にあれこれ話しかけるようなことはせず、黙って体と髪を洗ってくれた。

よしっ。体を拭いてもらって清潔なドレスを着せてもらったら、気分も一新、リフレッシュできた。

さっ。まずはレイモンの話を聞くとしよう。

レイモンは、あのゲス親父の執務室にいた。

部屋に入った私にソファーに座るよう勧め、私が座ると、レイモンは向かいのソファーのすぐ横に立った。

マルティーヌは、レイモンとは挨拶をした程度の記憶しかない。いつも厳しい表情をしていたので、彼のことは、『怖いおじいさん』としか認識していなかった。

まあ子どもから見ればそうだろう。

でも目の前の落ち着いた男性は、まだ五十代そこそこにしか見えない。ほとんど白髪だけど、髪の毛はふっさふさ。これぞイケおじって感じ。

「お久しぶりでございます。お加減は良くなられましたか？」

久しぶり――になるのかな。半年とちょっとだよね。最後に会ったのは去年の母親の葬儀だったはず。

マルティーヌの母親は、三年ほど闘病した後、去年亡くなった。

思えば母親が伏せってから使用人たちが働かなくなったんだよね。父親はあんなだし。主人の目が届かなくなるとサボるって酷いよね。

それにしても「お加減」とは？

「ええ。いつの間にか眠っていたみたいだけれど。レイモンはお父様の結婚式には間に合わなかったのね？」

「……！」

ええと。その反応は？　てっきり領地で何かあって、結婚式に間に合わなかったのかと思ったんだけど。違うの？

「お嬢様。これから辛いお話をいたします。もし途中でご気分が悪くなられましたら、すぐにそうおっしゃってくださいね？」

「は――い？」

辛い話？

「実は――。旦那様ですが。三日前にお亡くなりになりました」

……え？　ええっ!?

いやいや、どういうこと？

「三日前？　あら？　結婚式は？　ええと。新しいお義母様《かあさま》は……？」

「お嬢様。結婚式は三日前のことになります。旦那様は結婚式の最中に倒れられ、そのまま亡くなられたのです。従いまして、婚姻は成立しておりません。旦那様と再婚予定だったお相手は、そのままご実家に帰られました」

あー、嘘だねー。あの状況だよ？　私、ナイフ見てるもん。きっとあの男にバチが当たったんだよ。

まあ十二歳の娘には病死としか言えないか。

それにしてもマジか。ゲスな男に相応《ふさわ》しい壮絶な最期《さいご》というか、派手に散ったねー。

いや逆か？　逆に、ある意味、「あっぱれ」と言えるかもね。女遊びを極めた結果の最期だもんね。きっと悔いはないよね。

……………………‼

じゃあレイモンって、訃報を聞いて領地から駆けつけてくれたの？

国の南西に位置するモンテンセン伯爵領のカントリーハウスから、ここ王都のタウンハウスまでは、馬車で休憩しながらだと確か、二、三日はかかる距離だよ？

いやいや。訃報ったって、早馬でも一日はかかるよね？　結婚式は午前中だったけど、領地に知らせが届いたのって次の日じゃない？

「ご気分は大丈夫ですか？」

レイモンに訝《いぶか》しげな表情で尋ねられた。

あ、そっか。私がギャンギャン泣き喚かないのが不思議なのかな？

あのゲスな父親とは、もう何年もろくに顔を合わせていないし、もとより親子の絆を感じたこともなかったんだけど。

それに今の私、マルティーヌの中の私はアラサー女だから。取り乱したりはしないよ？

まぁさすがに殺人現場に居合わせたのは初めてだけどね。

「え？　ええ。大丈夫よ。驚いただけだから。その――。レイモンは、ずっと領地にいたのに――」

「早朝に早馬の知らせを受け取り、急ぎ馬で参りました。昨日こちらに着きましてございます」

……すごっ！

「他にも二名、執事と侍女の見習いですが、この者たちもまた、急ぎ荷造りをして馬車を飛ばし、つい先ほど到着したところでございます。侍女の方は先ほどご挨拶させていただきましたが」

「え？　ええ。ローラよね」

「はい。それではもう一人ご紹介いたします。ドニ。入ってきなさい」

丁寧にノックをして入ってきたのは二十歳前後の青年だった。黒色の髪の毛を見ただけで安心してしまう。

ドニはレイモンのすぐ横に立ち、一礼した。

「お初にお目にかかります、お嬢様。ドニと申します。以後よろしくお願いいたします。領地では執事見習いとして働いておりました」

「こちらこそよろしくね、ドニ」

やだ、何？　その涼しげな目元は。

久しぶりにイケメンを見たせいか、うっかり微笑んでしまった。私、父親を亡くしたばかりで傷心のはずなのにね。

レイモンはそんな私の態度にいちいち反応することなく、報告を始めた。

「まずは、お嬢様に断りもなく使用人を解雇したことをお詫び申し上げます」

「え？」

「私がこの屋敷の門をくぐったとき、大きな荷物を抱えた執事と出くわしたのです。不審に思い問い詰めましたら、屋敷の中の調度品をくすねて持ち出そうとしていたことがわかりました」

あぁ、執事って、確かお母様が亡くなった後で新しく雇った人だわ。うん。あの男、働いていなかったもの。彼ならやりかねない。

「それはありがとう。当主が不在なんですもの。仕方がないわ。家令としての業務の範囲内だと思うわ。だから謝る必要はなくてよ」

「……あの、お嬢様」

「なあに？」

「当主はお嬢様でございます」

うへっ！

もうちょっとで変な声を出すところだった。

「まだ正式な手続きは済んでおりませんが、今や、お嬢様がモンテンセン伯爵なのです」

……ええっと。あの、ちょっと。

『面倒な困り事は大人に丸投げ生活』が、早くも暗礁に乗り上げてない？

「ええと。爵位って、女性でも継げるものなの？」

レイモンが首を縦に振った。

「はい。性別は特に定めがございません。お嬢様以外に旦那様――先代のニコラ様の血を受け継ぐ方はおられませんので、お嬢様が正当な跡取りとなられます。また念の為、旦那様が遺言書を作成されていないか、昨日当家と過去に取引のあった弁護士に早馬で確認いたしましたが、ニコラ様は作成されていないとの返事がございました。従いまして、モンテンセン伯爵家の地位と財産は全てお嬢様が相続されることになります」

……お、おう。なんだかすごい。ちょっとよくわかんない。

「お嬢様――いえ。モンテンセン伯爵になられたので、もうお嬢様とはお呼びできませんね」

「あら、そんな。じゃあ、これからはマルティーヌって呼んでちょうだい」

「マルティーヌ様ですか？」

「ええ。他のみんなにもそのように伝えてね」

「かしこまりました。マルティーヌ様。コホン。なお葬儀ですが――明日の午前に執り行う予定になっております。こちらも勝手ながら私の方で決めさせていただきました」

私、寝込んでいたんだもんね。

問題ないと、うなずいてみせる。

「ちなみに、今朝の新聞にその旨の記事が掲載されております」

ドニがサッと新聞を広げて訃報欄を見せてくれた。なんと『病死』と書いてある！

まあマルティーヌの記憶によれば、貴族の不審死は軒並み『病死』とされるらしいけど。当然、国への届出もそのようになされる。それが貴族社会の慣例！

ちょっと貴族の皆さん！　おイタがすぎませんか！

それにしてもレイモンって、秘書としても、いや広報になるのか？　とにかくマスコミとの付き合い方も一流だね。

あのゲス親父は自分の死後のことなんか、絶対に何も考えていなかったと思う。ほんと、自分のことにしか興味を持てない人だった。遺言作成なんて気の利いたことをするはずがない。

私が遠い目をしていると、レイモンが咳払いをして続けた。

「相続の件なのですが、相続人が未成年の場合は少々ややこしい決まりがございます」

あら？

「相続人が未成年の場合は、成人するまで後見人を立てる必要がございます。通常は三親等以内の成人男性を立てるものなのですが、モンテンセン伯爵家には該当する方がいらっしゃいません」

そうだった。実は一人いたんだけどね。父親の弟が。こちらも確か、まあまあのろくでなしだったはず。ルーズなのは女性じゃなくてお金の方だったけど。

叔父はどこかの商会で名誉職みたいなことをしていた。それって多分、伯爵《亡き父親》に押し付けられて、商会の方で仕方なく作った役職だよね。

叔父はいい歳をして結婚していなかった。貴族は十代で結婚することも珍しくないのにね。独身のまま、あと一年粘っていれば叔父として私の後見人になれたのに。残念でした。

去年、下位のベルモン子爵家に婿養子に出されたんだよね。だからもう我が家の問題に口出しできない。

そういえば母親が叔父のことをものすごく嫌っていたっけ……。

まさか、諸々事情を知っているレイモンが婚姻を誘導したんじゃないよね？　なんか、ありそうで怖い……。

「マルティーヌ様。ご気分はいかがですか？」

「ええ。大丈夫よ」

すっかり相槌を打つのを忘れていた。

「後見人につきましては、一月以内に当家から希望を出さない限り、王家から然《しか》るべき人物が指名されます」

それは絶対に避けなくっちゃ！

その後見人に、私の今後の生活が左右されることになるなら大問題じゃない？

こういう案件は、王家にとってはただの面倒事でしかないはず。事務的に処理されるだけだわ。変な人物が指名された日には目も当てられない。

ろくでもない人間を上にすえると、とんでもない苦労が下に降りかかってくる。

もう、前世で嫌っていうほど体験したから、そういうのは勘弁してほしい。

私の平穏な生活のためには――。

「できれば当家から指名したいわね……。明日の葬儀には、カッサンドル伯爵もいらっしゃるかしら？」

「奥様のご友人だった？　マルティーヌ様もご令嬢同士、親しくされておりましたね。王都にいらっしゃるはずですので、これまでのお付き合いからすれば、おそらくいらっしゃるのではないでしょうか」

やったー！　じゃあ久しぶりにソフィアに会えるかもしれない。マルティーヌの唯一の友達。社交的で活発なソフィアと地味で大人しいマルティーヌとは、なぜだか気が合ったんだよね。

「カッサンドル伯爵夫人は、お母様の学生時代からの親友と伺っているわ。当家のこともよくご存じだし、カッサンドル伯爵に後見人について相談したいと思うのだけれど」

「なるほど。それはよろしゅうございますね。それでは明日お見えになられましたら、お時間を頂戴するよう手配いたします」

「ええ。そのようにしてちょうだい」

レイモンも懸案事項が片付いたことに安堵したようで、ふぅっと息を吐いた。

「現時点でマルティーヌ様に報告しておかなければならないものは以上になります。この後、旦那様のお身体を清め納棺が終わりましたら、改めてご報告させていただきます。それまでお部屋でお休みください」

了解！　もう、あとのことは全部、何から何までレイモンの言う通りにしてもらっていいんだけどね。

「レイモン。ありがとう。あなたがいてくれて本当に心強いわ。引き続きよろしくお願いね」

「はい。マルティーヌ様」

「あ、それと。レイモンも、時間を見つけてちゃんと休んでね」

「もったいないお言葉です」

私が立ち上がると、ドニがドアを開けてくれた。

すごい。さっきの新聞といい、こんな神対応、今までされたことがないわ。

……ああ私たち――私《マルティーヌ》とお母様は、レイモンのお陰で生活できていたんだね。

✦・✦・✦

翌日、何事もなく教会で葬儀が執り行われた。埋葬が終わると、喪主として弔問客を迎えるために急ぎタウンハウスに戻る。

私はレイモンから、「挨拶を受けて、うなずくだけでいい」と言われていたので、とりあえず子どもなりの悲愴感《ひそうかん》を漂わせて、コクリコクリと首を振っていた。

「マルティーヌ！　心配していたんだから！　……あ。ごめんなさい。この度は――ご愁傷様です」

マルティーヌは、母親がベッドから起き上がれなくなってからは、茶会等の社交を一切していない。

ほぼ四年ぶりに会うソフィアは、背が伸びて顔つきも大人びていた。ツインテールを縦ロールにしているところは相変わらずだけど。

髪も瞳も同じような薄桃《うすもも》色の彼女は、可愛らしい幼女から美しい少女へと変身を遂げていた。

「ソフィア。ずっと連絡していなかったのに……。来てくれたのね……」

「当然よっ。どうせ、あの男が邪魔をしていたんでしょ。あなたが返事をくれないなんてあり得ないもの！」

あの父親なのか、取り次ぎを面倒に思った使用人なのか、犯人はわからないけれど、ソフィアとの手紙のやり取りが途切れたのは事実だ。

「家のことが落ち着いたら、またお茶会に一緒に行きましょうね！　マダム・シンフォニアのお店で一緒に新作のドレスを作るのよ！　あなた、最近の流行も知らないでしょう？　ねえ知っている？　最近じゃ、あのルシアナがファッションリーダーぶっちゃって、マダム・シンフォニアのお店に入ってすぐのトルソーに、自分の瞳と同じ黄色の布を纏《まと》わせて、『この色が今年の流行色』なんてほざいたのよ！　もう、許せなくって！　私、すぐにお店に行って、品のないオレンジの布に替えてやったわ。ほとんどの子は私の後にお店に行ったはずだから、みんな、ルシアナがオレンジを流行色って言っていると思って、陰で笑っているに違いないわ！」

や、やるねぇ。

そういえば、ソフィアはやるときはやる子だったわ。

今ではもう活発を通り越して、好戦的と言った方がいいのかもしれない。

ルシアナって――ああ、「私の瞳は見る角度によっては、王族と同じ金色に見えるんだから」と言い張っていた子か。

「もう、ソフィア。いきなり何を言っているの。マルティーヌちゃんが落ち着くまではお茶会なんて無理でしょう」

涙目になっているソフィアのお母さんが、娘を軽く諫《いさ》めた。

「マルティーヌちゃん。まあ、随分大きくなったのね……。三年ぶり、いいえ、もう四年近くになるのかしら……。モンテンセン伯爵にどんなに嫌な顔をされようとも押しかけるべきだったわ。まさかカトリーヌの葬儀を内々に済ませてしまうなんて！　許し難いわ」

そうなのだ。母親の葬儀は日本でいうところの家族葬で、父親はこぢんまりと済ませていた。おそらく新聞の訃報欄にも後追いで載せたのだろう。

妻と娘が感情的になっているのを諌めるかのように、カッサンドル伯爵が小さく咳払いをした。

……いけない。私もモンテンセン伯爵として、貴族らしい振る舞いをしなくっちゃ。

「カッサンドル伯爵、伯爵夫人、ソフィア嬢。本日はご足労をいただきありがとうございます」

親友との久しぶりの再会に涙が滲《にじ》んでいたけれど、気持ちを抑えて挨拶をする。

「……モンテンセン伯爵。突然の訃報に驚きました。私どもでお力になれることがございましたら、遠慮せずにおっしゃってください」

待ってました！　ソフィアのお父さんに相談したかったんだよね。

隣のレイモンをチラッと見ると、小さくうなずいて彼に声をかけてくれた。

「カッサンドル伯爵。よろしければ先代の執務室にご案内させていただきたいのですが。故人を偲ぶ品などもございますので」

カッサンドル伯爵はすぐにピンときてくれたようで、「それは是非に」と、受けてくれた。

レイモンとカッサンドル伯爵がヒソヒソと小声で話をしている隙に、ソフィアがそっと小声でつぶやいた。

「ねえマルティーヌ。意地悪なお父様がいなくなったんだから、これからは手紙をくれるでしょう？」

そう言えば、ソフィアには散々父親の愚痴をこぼしていたっけ。ははは。

「ええもちろんよ。これからはいっぱい手紙を出すわ。あと、落ち着いたら領地にも遊びに来てね」

「本当に？　お母様。ね？　いいでしょう？」

「まあ、もちろんよ。カトリーヌの娘は私の娘みたいなものよ。マルティーヌちゃん。これから大変だろうけど、レイモンがいれば大抵のことは大丈夫よ。学園に上がるまで一年以上あるんですもの。入学までに一度、ソフィアと二人で遊びに行くわね」

「はい。お待ちしています。あ、レイモンが呼んでいるので失礼します」

よぉっし。ぶっちゃけ葬儀よりも重要な、後見人の選定を始めるとしますか。

父親が使っていた執務室のソファーに、カッサンドル伯爵がゆったりと座っている。

向かいに私が座り、そのすぐ横にレイモンが立った。

ドニが慣れた手つきで紅茶とお菓子をサーブしてくれた。去り際に励ますかのように口角を少し上げて私を見た彼は、女性の扱いを心得ていそう。

くぅー。前世の経験をもってしても、ドニのことは上手くあしらえそうにない。

カッサンドル伯爵に紅茶を勧めて私が先に一口飲むと、彼も同様に一口飲んでカップを置いた。

脳内で、『カンッ！』とゴングが鳴った。

ここからは伯爵として、大人の対応をしなければならない。

「カッサンドル伯爵。本来であれば、前もってお時間を頂戴したい旨をお伝えしなければならないところ、このような非礼となりましたこと、お詫びいたします」

「なに、構いません。人の死というものは無慈悲に予告なく訪れるもので、避けようがありませんからね。モンテンセン伯爵におかれましては、まだ悲しみも癒えぬうちに当主として気丈に振る舞われていらっしゃる。お見受けしたところ、ご親族の方も少ないご様子。さぞかし大変でしょう」

さっすが、よくご存じでいらっしゃる。まあ話が早くて助かるわ。

「そうなのです。正直申し上げまして、身内に頼りになる相談相手がいない有様でして。後見人の申請につきましても頭を悩ませております」

予想していた通りの内容だったらしく、カッサンドル伯爵は、うんうんとうなずいて、また紅茶を一口飲んだ。

「確か、モンテンセン伯爵領の主な産業は農業だったと記憶しておりますが、変わっておられぬかな？」

……あ。

私、領地については、なぁーんにも知らないんだったわ。

私がポカンとする前に、レイモンが助け舟を出してくれた。

「その通りでございます。農作物が主な商品になります」

「であれば……。上位貴族で、農業を主たる産業としていないところがよいかもしれませんね。後見人といえども所詮は他領の人間です。領地の秘匿すべき事項を開示しなければならない状況が発生しないとも限りませんから」

なるほど。後見人になった競合相手には、機密情報が漏れる可能性があるってことね。

「実は、該当する人物が一人頭に浮かんだのですが。リュドビク・フランクール公爵をご存じでしょうか？」

知りません。私ことマルティーヌは、他家のことというか、貴族を全然知らない。知らな過ぎる。

レイモンも小さく首を横に振って、またしても私の代わりに答えてくれた。

「お恥ずかしながら、先代は社交から遠ざかっていらっしゃいまして。未成年のマルティーヌ様はもちろんのこと、私ども使用人も満足な情報は持ちえていないのです」

カッサンドル伯爵は、まあそうだろうね、というように優しい眼差しで慰めてくれた。

「公爵閣下はまだ二十二歳とお若い方なのですが、なかなかに切れ者だと評判の人物です。フランクール公爵領は二種類の鉱山を所有し、国内に流通する鉱物の過半を占めておられます。最近では魔道具の製作にも乗り出されたとか。ただ、他領の支援をなさるような人物かどうかまでは私も承知しておりませんので、今のところは候補者の一人というところでしょうか」

いやもう急ぐので、候補者を吟味するより、候補に挙がった方から順にお伺いをたてたいんですけど？

一ヶ月なんて、あっという間だからね。

気がついたら口を開いていた。

「カッサンドル伯爵。私どもにはこれといって当てがございませんので、候補として相応しい方には、ひとまず面会だけでもさせていただきたいと思っているのです。カッサンドル伯爵のお名前をお出しして、フランクール公爵に面会の依頼をさせていただいてもよろしいでしょうか？」

あのゲス親父の悪行は有名なはず。公爵に依頼するにあたり、真っ当な人間《カッサンドル伯爵》ときちんと相談したのだと言いたいんだよね。

「もちろん構いませんよ。何でしたら私から打診をしてみましょうか？」

「いえ。さすがにそこまでは甘えられません。私から誠心誠意、お願いをしてみるつもりです」

娘の友達だからって、貴族社会だとそこまでは面倒を見てくれないと思っていたのに。優しい方だな。

カッサンドル伯爵一家をお見送りする際、私の言葉たらずな部分はレイモンが丁寧にお礼を述べてくれた。

ソフィアと涙の抱擁を交わして別れると、私はモンテンセン伯爵として最初の仕事――リュドビク・フランクール公爵に後見人になってもらうことに、まずは全力で取り組むことにした。

昼食もそこそこに、フランクール公爵への手紙をしたためる。

「ねえ、レイモン。まずはフランクール公爵に面会を依頼して、公爵が応じてくださるかどうかの返事をもらうのよね？　でも、その返事で公爵から面会の日にちを指定されたら、もうその日で決まりってことよね？」

「当家となんの縁もない公爵閣下のご予定をいただくだけでも恐れ多いのに、日にちの変更など考えられません」

レイモンは、駄目なことは駄目だって、ちゃんと教えてくれるのね。うんうん。出来る部下は主人が皆まで言わなくても真意を理解するもの。

「そうよね。でも私、肝心の領地のことを何も知らないのよね……。公爵に、後見人になってもいいと思ってもらえるような人間じゃないと、きっと引き受けてもらえないと思うの」

領地経営のことなど何もわからない、一人では何も出来ない未成年の女児の後見人なんて、それこそ親族でもなきゃ引き受けないよね。普通は。

——ならば。

最低限、私は真剣に領地のことを考えていて、真面目に取り組む意思があるのだということを公爵にわかってもらう必要がある。

「公爵家には王家の血が流れておりますゆえ、支援が足りぬばかりにどこかの領地が傾くようなことがあれば、それをよしとはされないでしょう。おそらく国内の貴族の動向には目を光らせていらっしゃるのではないでしょうか。ですから、マルティーヌ様のご依頼を受けられる可能性は、決して低くはないと存じます」

え？　……どうかな。本当にそう思う？　楽観的過ぎない？

だって、その公爵、若いけど切れ者なんでしょう？

「ねえ、レイモン。私が領地に行って、一通り話を聞きながら見て回るには、何日くらいかかるかしら？」

「領地の視察をなさると？　さようでございますね……。話を聞きながらですと――広くない領地とはいえ、一日では難しいでしょうね。二日はかかるかと」

ということは、往復するのに四、五日かかるから、視察だけで一週間はかかるのか。う－ん。でも一度も領地に行ったことがないなんて、言える訳ないよね－。

「じゃあ、公爵にお会いする前に領地を視察することにするわ。葬儀も終わったばかりだし、公爵には、お許しいただけるなら面会は二週間後以降でお願いしたい旨を書いても失礼には当たらないわよね？」

「はい。その程度でしたら問題ないと存じます。先方にとっても当家は面識のない相手ですから、さすがに返事をするにあたり、当家について時間をかけて調査すると思われます。それに当主の代替わりには時間がかかるものですから、ご承知おきくださるでしょう。ですが、今のマルティーヌ様のお体の状態では、領地の視察は相当なご負担がかかるかと――」

レイモン。心配してくれるのはありがたいけれど。そうも言っていられないと思うのよね。

引く様子のない私を見て、レイモンはなおも続けた。

「マルティーヌ様。王都から領地までは、休憩を減らしてどんなに急いだとしても二日はかかります。旅慣れないマルティーヌ様にはお辛い道中となるでしょうし、到着後もお疲れが取れるまで数日かかるかもしれません。二週間後に公爵閣下との面会となりますと、領地の視察は現実的ではないと存じます」

うぐぐ。反論できないわ。とりあえず先に手紙を出そう。

「と、とにかく、まずは手紙を書かなくてはね」

さすがにマルティーヌの記憶はあてにならないので、文章はレイモンに教えてもらいながら、私なりの言葉で真摯に後見人を引き受けていただきたい旨をしたためて、ドニに早馬を手配してもらった。

「あとは公爵からの返事待ちね。はぁ。一息つきましょうか」

「はい」と返事をして、レイモンが指示した。

「ドニ。マルティーヌ様にお茶のご用意を。ローラにも手伝ってもらいなさい」

レイモン！　やっぱり、この家の使用人の入れるお茶って美味しくないんだよね？　だからドニに命じたんでしょう？

ということは、さっきのただただ野菜を塩《しょ》っぱく煮ただけの昼食についても、私と同意見かな？

「ねえ、全員で一緒に休憩しましょう。ドニ、四人分お願いね」

「マルティーヌ様。それはなりません。お気持ちは嬉しいのですが、これからは当主としての振舞いを覚えていただかなくてはなりません」

「わかっているわ。でも、今日くらいはいいでしょう？　今日だけはみんなと一緒がいいの。ね？　お願い？」

頑張って瞳をうるうるさせて上目遣いにレイモンを見た。

「……。かしこまりました」

やった！

本当は主人と使用人が一緒に休憩するものではないと言いたかったのだろうけど、レイモンは私の心中を察してくれたようで、苦笑するだけに留めてくれた。

レイモンとドニとローラには、有無を言わさずダイニングルームに入ってもらい、私と同じテーブルに座ってもらった。

四人で紅茶を静かに口に運び、少しの間まったりとした時間が流れた。

レイモンはポーカーフェイスのまま、ローラは心配そうに、ドニは微笑みを浮かべてお茶を飲んでいる。

一息ついたところで、気になる問題を片付けるとしますか。

「ねえ、レイモン。この屋敷の使用人をどう思う？　率直な意見を聞かせて」

「私は年に一度しかこちらを訪れる機会はございませんでしたが――」

そういえばそうだった。レイモンって滅多に王都に来なかったし、来てもすぐに帰っていた。

おそらく会社の決算報告にあたる領地経営の報告をするために来ていたんだよね。

「ここ数年でほとんど入れ替わってしまったようですね。見事に私の知らない人間ばかりになってしまいました。率直に申し上げて、使用人としての資質を疑う者ばかりです」

「そうなのよ。この四年ほどの間に、使用人はほとんど入れ替わってしまったの。新しく来た人は怠けてばかりで……。どうしたものかしら？」

レイモンは顔色を変えずに言い切った。

「でしたら早急に片付ける必要がございますね」

「片付ける？」

「当家の、モンテンセン伯爵家にふさわしくない者には出ていっていただかなくてはなりません」

おお！　いきなりの人員整理ですか！

「いいの？　雇ったばかりの人もいると思うけれど。そんなに簡単に解雇していいものなの？」

「気分次第で解雇というのは主人としてあるまじき行為ですが、雇用契約に基づいて給金を支払っている以上、相応の働きを求めるのは当たり前のことです。給金に見合うだけの労働が供されなければ契約に違反したことになります。その職が、よりふさわしい者に与えられるだけです」

「な、なるほどね。それじゃあ、片付けちゃいましょう」

ふむふむ。あれですね。『役務の提供』ってやつですね。


執務室に移ると私はソファーに浅く腰掛けて、精一杯の厳《いか》めしい態度で武装した。

最初に、私の身の回りの世話をするはずの侍女を呼んでもらった。

執務室に入ってきた彼女は、私たち四人の視線に怯《ひる》みながらも平静を装って挨拶した。

「お、お呼びでしょうか。お嬢様」

「まあ！　あなたって、呼んだら来ることもあるのね。私のことなど眼中にないものだとばかり思

っていたわ」

「そ、そのようなことはございません。確かに手が離せなくて、一、二度、遅れてしまったことがあったかもしれませんが」

明らかに嘘とわかる言い訳に、レイモンが眉を吊り上げた。

マルティーヌは面と向かって文句なんか言えなかったかもしれないけど、私は違うよ？

「ふーん。一、二度ね……。どうせティーカップが手離せなかったのでしょう？　私の頼みなどよりも、使用人同士でお茶を楽しむ方が重要ですものね」

「な、何を――。決してそのようなことは――。わ、私は、お嬢様のことを疎《おろそ》かにしたことなど一度もございません」

はい、クビっ！

ベルを鳴らして呼んでも、一度も来なかった人間が何を今さら。

言いにくいことはレイモンが告げてくれた。

「お前には今日限りで辞めてもらう。理由はわかっているな？」

「そ、そんな。だって。みんなも――」

「ドニ。連れて行きなさい」

「はい」

「は？　何よ！　ちょっと離しなさいよ！」

優男だと思ったドニだけど、軽蔑するような眼差しでぐいっと侍女の腕を取ると、部屋の外へ強引に引っ張っていった。

一連の問答に、ローラも心なしかムッとしているみたい。

ドニがドアを閉めると、レイモンに尋ねられた。

「マルティーヌ様。あのような口答えをする使用人など考えられません。もしや、他の者たちも似たような感じですか？」

「ええ。多分そうだと思うわ」

「でしたら、マルティーヌ様に不愉快な思いをさせる訳にはまいりません。私の方で然るべく対応しておきます」

うん？　それって、つまりほぼ全員クビってこと？

あ、ちょっと待って。

「あ、あのね。レイモン。確か馬手は昔からいる人だったし、庭師のじいじ――おじいさんは、お母様のお気に入りの花を絶やさず世話をしてくれていたの。だからこの二人には引き続きいてもらいたいわ」

「承知いたしました。馬車は使う必要がありますから、御者も当面は今の者に任せるとしましょう」

よ、よかった。ちゃんとしている人には残ってほしいもんね。

「私からも一言よろしいでしょうか。是非、メイドも入れ替えていただきたく存じます。この家のメイドといったら掃除も洗濯も、全然なっておりません」

ローラがぷんすか怒っている。そうだよね。手抜きしまくってるよねー。私も気になってたんだ。

レイモンもうなずいている。

「確かにそのようですね。メイドは希望者が多いはずですから、働く意欲のある者を採用すれば済む話です。あとはまあ、料理人は代わりが見つかるまで置いておくとして、残りの者はいったん解雇した方がよいでしょう」

料理人！

そうだ。その問題も片付けなきゃ！

「ねえレイモン。この家の料理人の腕をどう思う？」

「領地のカントリーハウスの料理人と比べて腕前は今ひとつですね」

「やっぱり？　その料理人は王都で修行でもしていたの？」

「いいえ。ケイトは領地で生まれ育った人間で、領地から出たことはありません。十歳の頃から料理人見習いとしてカントリーハウスで働いていました。ですから料理の腕前は先代譲りなのです」

「そうなのね……。王都で働いていたからって優秀とは限らないのね」

田舎ならではの素朴な味付けとか秘伝の料理法とかを伝授しているのかな……？

「どうやらそのようですね。ケイトは、野菜でも肉でも、どうやって美味しく料理しようかと考える人間ですが、この家の料理人は、野菜などはとにかく柔らかく煮て濃いめの味付けをすればいいくらいにしか考えていないように思います」

そうなのっ！　そうなのよ！

めちゃくちゃ塩《しょ》っぱいの！　ただただ塩味が効いているだけなのよ。

前世の日本のレベルを求めるのは間違っていると思うけど、やっぱりこの家の料理人が作ったごはんってまずいよね。

マルティーヌは侍女にごはんを用意してもらえず、お腹を空かせていることがよくあった。

我慢ができなくなると厨房に行って、料理人から直にパンをもらっていたけれど、生まれついての貴族令嬢だったマルティーヌは、厨房に行くことをものすごく恥じていたんだよね。

マルティーヌは食べられるだけで満足していたけど、食事は人生の喜びの一部だということを私は思い出しちゃったからね！

「あのね、レイモン。料理人も解雇してほしいの。料理なら私に任せてくれればいいから」

「は？」

まあ、驚くよね。普通、貴族の令嬢は料理なんてしないものね。

でも私、道具と食材さえあれば、料理できるので！

この世界の厨房のままだと難しいけど、私には、私好みのキッチンに改造できる能力があるので！

母親に、「魔法のことは誰にも言っては駄目よ。お父様にも秘密にするのよ」と言われていたから、マルティーヌ《私》は自分の魔法のことを誰にも話していない。

マルティーヌの魔法は、公的には『土魔法』とされている。それもせいぜい土を固める程度の貧弱な使い手だと誰からも思われている。

でも本当は違う。

初めて母親に見せたとき、ビビってたもんね。

彼女が床に落として割った陶磁器の人形を魔法で修復したのは、マルティーヌが五、六歳の頃だったと思う。

元は、少年が少女に一輪の花を渡している人形だった。

それをマルティーヌは元に戻しただけでなく、あろうことか一輪の花をブーケに変えたのだ。

私の魔法は、素材を手にしただけでイメージした製品を成形できる、『成形魔法』。

おそらく、この世界で誰も使ったことのない特別な魔法。

しかも、あのときは１００《一輪》分の素材から、１０５《ブーケ》分の製品を成形した。

前世の記憶を持ったままこの世界に転生した私だから、この世界の人々とは何か根本的なものが異なっているのかもしれない。

まあ、記憶を取り戻した今だからこそ、そう思うんだけど。

母親が危惧したのもよくわかる。こんな力、バレたら大変だわ。権力者たちにいいように使われかねないもの。

人に見られないように気をつけなきゃね。王都なんかにいるよりも領地に引き籠もるに限るわ……。

「私、領主になったからには領地で暮らそうと思っているの。だから、王都にいるのは後見人を決めるまでのつもり。つまり一月かそこらよ。だからその間は私が料理を担当するわ」

「そ、そのようなこと――なりません！　マルティーヌ様。使用人の仕事をマルティーヌ様がなさるなんて駄目です！」

レイモンが諫めるよりも前に、ローラが目を丸くして反対した。

そりゃあ普通はね。でもね……。

「非常識かもしれないけれど、私が好きでやることだから大目に見てくれないかしら。そうだ。今日の晩ごはんを私が作るから、それを食べてから話し合いましょう」

ローラはなおも、「マルティーヌ様が厨房に入るなんて」とぼやいていたけれど、レイモンが私の我が儘を許してくれた。

「それでは料理人も解雇いたしましょう。夕食はマルティーヌ様のお気が済むようになさってください。ですが。マルティーヌ様が毎日食事を準備なさるというのは、さすがに目こぼしの範囲を超えております。ローラもドニも簡単な料理なら出来ますが、料理人が一月も不在とは長過ぎます。腕の良い料理人を探すのは難しいですが、贅沢を言わなければそれなりに応募はあるでしょう。その中から一人採用していただけないでしょうか。期限付きの臨時雇いということで構いませんので。もし腕がよければ、マルティーヌ様が領地にいらっしゃる際に同行させてもよろしいかと。料理人が一人増えるくらい問題ございませんから」

「そうねえ……」

確かに、領主として領地経営を行うのなら、一日に何度も料理を作ってなどいられない。

「じゃあ、レイモンの言う通りにするわ。期限付きの予定だけど、腕がよくて、本人が引っ越し可能ならば、領地で引き続き雇うという条件でお願い」

「かしこまりました」と言うレイモンは、心なしか安堵の表情を浮かべている。

あれ？　そんなに我が儘だった？

「レイモンはこの後、使用人たちとの解雇面談ね。さっき早馬を出したばかりだし公爵からの返事はさすがに今日は来ないわよね？　だったら、街に行ってみてもいいかしら？　私、王都にいながら外出した記憶がほとんどないの」

そうなのだ！

マルティーヌは、母親が元気な頃は茶会に連れ出してもらうことがあったけれど、彼女の具合が悪くなってからというもの、今日まで一度もこの屋敷から出ていないのだ。

もう鼻血が出そうなくらい頭を使ったから、とにかく気分転換がしたい。ただそれだけ！

「それは――。護衛もつけずに外出なさるのは危のうございます」

それを言われると辛い。護衛なんて、この家にはいないよ？

「そうかもしれないけれど。貴族が買い物をするようなお店なら問題ないと思うの。別に下町に行く訳じゃないのだし。ね？　お願い」

渾身の上目遣いでレイモンをじっと見ると、レイモンは一瞬だけビクッとして、「ふむ」と顎を触りながら何やら考え始めた。それでも最終的には優しい笑みを浮かべた。

「……そうですね。ローラが一緒であれば大丈夫でしょう。ただし、ローラも王都は不案内ですので、大通りを歩くだけにしていただけますか？」

「ええ。約束するわ」

やったー！

おでかけだっ！　この中世風の世界の街並みを見てみたかったんだ。

それにしてもレイモンて、もしかして上目遣いに弱い……？


私が持っている数少ないドレスは、どれも装飾が少なく地味だ。だから着替える必要はないと思ったのに、ローラに無理矢理着替えさせられた。

髪も両サイドを編み込んでくれたので、なんだか久しぶりに侍女に世話を焼かれた気がして、すごく気分が上がった。

今日はローラが着替えさせてくれたけど、本当は一人でも脱ぎ着できるワンピースを作りたいんだよね。

高校のときの友人にレイヤーがいて、衣装作りを手伝ったことがあるのだ。まあ、ミシンの直線縫いくらいだったけど。

友人の制作過程はものすごく勉強になった。

成形魔法は、完成形を思い浮かべることが重要なんだけど、その制作過程も詳細に意識できれば、より精度の高いものを生成することができる。

だから布地と軽い金属があれば、ファスナー付きのワンピースだって作れるはず。

うん。これは後で絶対にやってみよう。

「マルティーヌ様。いかがでしょうか？」

「ありがとう。自分で言うのもなんだけど、すごく可愛いわ」

「マルティーヌ様はとってもお可愛いですもの。お気に召していただけてよかったです」

……あら？　そう？　でも本当に、本当に可愛いわ、私。

マルティーヌって、髪色こそミルクティーのような亜麻色で平凡だなーと思ったけど、瞳の色は綺麗な緑色をしているんだよね。

記憶が戻ってからというもの、鏡を見ては、いつも自分の瞳に見惚《みと》れている私。ふふふ。

✦・✦・✦

馬車を路肩に停めて降ろしてもらうと、あっという間に街の喧騒に飲み込まれた。

なんという活気！

行き交う人々は大半が平民のようで、マルティーヌから見ると質素な洋服を着ている。それでも裕福な部類に入るであろうことは何となくわかる。

お忍び感覚で来たけど、私って結構目立ってる？　何だか視線を感じるんですけど。それでもすぐに興味が他に移るのか、凝視されることはなかった。

「マルティーヌ様？　いかがなされました？」

「ええ、ちょっと。人の多さに驚いただけよ」

「さすがに王都は違いますね。領地ではこれだけの人が集まるのは、お祭りくらいなものです」

やっぱり？

初めて東京に出てきたとき、私もそう思ったわ。

御者が気を利かせてくれたらしく、私たちが降りたところは、王都の中でも高級店が立ち並ぶエリアだったみたい。

ちらほらと従者を連れた貴族らしき人もいる。

今日は買い物じゃなくて散策をしたいんだよね。街ブラだよ。

でもあれだ。迷子になったら目も当てられない。スマホのない世界でどうやって連絡を取ればいいのかわかんないもんね。

「ねえローラ。手を繋いでもらえる？」

「かしこまりました」

「ふふっ」と笑って、ローラが私の手を握ってくれた。ローラは十四歳って言っていたから、私とは二歳しか違わない。それなのに身長差が十センチくらいある。

もしかしてマルティーヌってチビなの？　確か百五十センチなかったはず。

十二歳の平均身長がわからないけれど、ローラ並みに百六十センチは欲しいところ。早く成長してほしい。

「こうしてマルティーヌ様と手を繋いでいると、弟や妹を連れて出かけたときのことを思い出します」

「ローラってお姉さんなのね」

「はい。五人兄弟の一番上です。うちは貧乏な小作人でしたから、カントリーハウスで働けることが決まったときは、家族みんなが喜んでくれました。本当にレイモンさんには感謝してもしきれません」

「レイモンは領地で色々と目を配ってくれていたのね」

「はい。それはもう粉骨砕身とはこういうことを言うのかと思うほど、レイモンさんは今は亡き先々代とのお約束を実直に守っていらっしゃいます」

「先々代との約束って、私のお祖父様《じいさま》との約束？」

「はい。レイモンさんの今があるのは先々代のお陰だと、よくおっしゃっておられました」

「そうだったの……」

「はい。先々代の領主様に、そのお子様やお孫様にも誠心誠意お仕えすることを誓ったのだとか。レイモンさんは、マルティーヌ様に命だって捧げる覚悟があると思います」

ええっ？　命？　命って……。いや、熱過ぎるんですけど……。

ローラが繋いだ手に力を込めた。

「私も、レイモンさんや先輩方から教わったことを忘れずに、いかなるときもマルティーヌ様をお支えいたします。何があっても私がお守りしますから」

なんか――。どうしよう。そんな熱い宣言を聞かされて何て言えばいいの？

それにしても中学生くらいの女の子に、「守る」って言われる私……。

「申し訳ありません。私ったら勝手なことを。マルティーヌ様のお話を伺うのが私の仕事ですのに」

「いいえ。ローラのことを聞けてよかったわ。未熟な当主だけど、これからたくさん学ぶつもりよ。だから私の知らないことは遠慮なく教えてもらえると助かるわ」

「マルティーヌ様。私も侍女としては駆け出しですので……。ですが、いずれは家政婦長を任されるくらい仕事を覚えますから」

　ローラって、熱血の人なんだ。

　初めて部屋に入ってきたときは、ものすごく緊張しているように見えたけど。

「それにしても。まだ十二歳だとお聞きしておりましたが、こんなにお可愛らしくてしっかりなさっていて、おまけにお優しいご主人様だったとは。もう、本当に嬉しくて……。私は幸せ者です」

　うぅ。泣かせるようなこと言わないでよ。

「私の方こそ幸せよ、ローラ。あなたに、レイモンに、ドニ。あなたたちが側にいてくれて本当に心強く思うし、実際、助かったもの。こんなにも早く駆けつけてくれて――私、本当に感謝しているのよ」

「か、感謝だなんて、もったいない」

　ローラが感極まってしまった。

　そうさせた自分がなんだか気恥ずかしくて、思わず早歩きになってしまった。

　目抜き通りには、一目見て貴族御用達という店構えの高級店がいくつもあった。

ただ、店頭に商品を展示している店は少なく、何を売っているのか不明な店が多い。

そんな中、甘い香りを頼りに歩いていくと、行列のできている菓子店を見つけた。

くぅー。上がるわー！　もうテンション爆上がりだわ。

甘い物を食べて横になれば、大抵のことは忘れられるものねー！

「ねえローラ！　私たちも並びましょう！」

「マルティーヌ様。ご令嬢はそのようなことをなさりません」

「もう！　じゃあ、あなただけが並んで、私はここで一人で待っていればいいの？」

「まさか！　マルティーヌ様をお一人になんてできません」

だよね？

「それにほら。お茶会で着るようなドレスじゃないでしょ？　今日は貴族令嬢として来ている訳じゃないし」

地味とはいえ、十分貴族っぽいことはわかっているけどさ。お願い！

「……はぁ。今日だけ、これっきりにしてくださいませね」

「ありがとう、ローラ！」


うっふっふっ。

無事にクッキーをゲットできた。

お会計のときにお金を持っていないことに気がついて青くなったけど、当たり前のようにローラが払ってくれた。そういうシステムなんだ……？

それにしても、甘い物に関するマルティーヌの記憶があやふやなんだよね。だから実食あるのみ。

屋敷に戻ったらこの世界の実力を見せてもらうからね！

買い物をしたことで散策に満足していたら花屋を見つけた。

花屋は店先に花を並べているので立ち寄りやすい。

私は一際《ひときわ》大ぶりな花に引き寄せられた。

母親はダリアの花が大好きだった。初夏から秋にかけて、じいじはダリアの開花が途切れないように、ものすごく気を配ってくれていた。

「このダリアを一本ちょうだい」

「かしこまりました」

「ではこれで」

お財布係のローラが支払う。

ダリアの花を愛でながら歩いていると、ローラに、「そういえば庭にもたくさん咲いていましたね。ダリアがお好きなのですか？」と聞かれた。

「お母様が好きだったの。だから私も大好きよ」

ただ好きだと言ったつもりが、ローラに、「申し訳ございません」と謝られてしまった。

迂闊《うかつ》に母親を引き合いに出して気を遣わせてしまったらしい。こちらこそごめんなさい。

「あら？　あれって……」

何気なく横道の先の方を見ると、開けた場所に一体の像が設置されていた。

「ねえローラ。あそこくらいなら大通りから外れても大丈夫よね？」

「はい。見えなくなる訳ではございませんから」


近づいてみたら、見捨てられたように立っていた像は、この国を興した王の像だった。

ローラが下草を払うように踏みしめてくれたお陰で、すぐ近くで鑑賞できた。

『この地を開いた類まれな魔法使い』と刻まれている。

初代の王にしては簡素な碑文《ひぶん》だな。

長らく清められていない像は薄汚れ、供え物を置くための台には枯葉が溜まっていた。

「この方のお陰で私たちは豊かな生活を享受できているのにね。なんだかお気の毒だわ」

「さようでございますね」

私が枯葉を払うと、ローラが慌ててハンカチを取り出して私の手を拭いた。あらま。

私が汚すとローラに手間をかけるんだね。

「マルティーヌ様。私にお任せを」

そう言うとローラがハンカチとは別のタオルのような布地で、手の届く範囲を清めてくれた。

すごいローラ。そんなものを常備しているとは。

「ねえ、ローラ。もう一枚綺麗なハンカチはある？」

「はい。ございます」

本当にすごいわ、ローラ。もしもに備えて予備のハンカチまで用意していたとは。

ローラからハンカチを受け取って供物台に敷き、その上にダリアを供えた。

「お優しいのですね」

不意に背後から男性に声をかけられ、私はギョッとして振り返った。

ローラはもろに迎撃態勢だ。私を体の後ろに隠すように立ちはだかった。やだ、顔怖すぎ。

そんなローラに引き気味に青年が詫びた。

「驚かせるつもりはなかったのです。突然声をかけてしまい申し訳ありません。つい感心してしまって……。私もあの大通りからこの像を眺めては、放置されている様子が気になっていたのです。ですが、あなた方のように行動には移せませんでした。大通りからあなた方の様子を見て、誘われるように来てしまったのです」

二十歳前後くらいの青年は大きなカバンを大切そうに抱えて、澄んだ瞳で申し訳なさそうにそう話した。

彼の髪の色と瞳の色は、まるでその性格を表しているみたい。今日の雲ひとつない晴天のような晴れ晴れとした青色をしている。

なんて優しい眼差し……。

にっこりと微笑む青年を見ているだけで、何だかほっこりとした気持ちになる。

「では、どうぞお好きなだけご覧になってください。私どもは退散いたしますので」

え？　そうなの？

ローラの言葉から鋭さが消えないのはなぜ？　悪い人には見えないのに。

「ああどうか、そのようなことをおっしゃらないでください。確かに警戒されて当然だとは思います……。ですが、お近づきになりたいとか、そういう不埒《ふらち》な考えから声をかけた訳ではないのです。本当にあなた方を見ていて、自分で掃除をした訳でもないのに、なぜだか心が洗われたような、そんな気持ちがしたのです。邪魔者は去りますので、お二人はごゆっくりお過ごしください。それでは失礼いたします」

青年はそれだけ言って軽く頭を下げると、穏やかな笑みを浮かべたまま背を向けて歩き出した。

ローラは青年が大通りに消えていくまで、その背中を睨みつけていた。

「そんなに警戒しなくてもよかったのではなくて？」

「マルティーヌ様。身元のわからない男性と気軽にお話しなさってはなりません。相手にどのような心づもりがあるのか、見た目からはわかりませんから」

そ、そうなんだ。お嬢様って大変だね。

「こ、これからは気をつけるわ」

ローラは警戒を解くことなく、「やはり大通りに戻りましょう」と、きっぱりと言った。

✦・✦・✦

屋敷に戻った私は厨房に直行した。

厨房は既にもぬけの殻で、レイモンがきっちりと仕事を終えていたことがわかった。

オッケー。オッケー。ここからスタートね。

厨房の設備や食材を一通り見て回ったけど、うん。無理。

魔石を使う調理器具は使い方がわからないし、薪オーブンは火加減の仕方も中の温度変化もわからない。

「私もお手伝いします」と言って、私にピタリとくっついて来たローラは、私の様子を見て料理は無理そうだと判断したらしい。

なんと言って励まそうかと悩んでいるみたいだけど、違うからね。このままだと無理っていうだけだから。

ふふふ。とうとうアレを使うときが来たな。私の魔法――成形魔法を！

実はマルティーヌはこの力をあまり使いこなせていない。

なぜなら、何かを作り出すには、その完成形を思い浮かべる必要があるから。

マルティーヌはずっと屋敷に引き籠もっていたせいで、屋敷の中にあるものしか知らない。

そう。彼女には宝の持ち腐れだったのだ。

その点、私なら、モノに溢れた令和の日本の記憶があるからね！

似た材質さえ入手できれば、ほとんどの物が作れるんじゃないの？

うっふっふっ。

「何だか世界征服もできそうな気がしてきたわ」

やばい心の声が漏れてしまったけど、幸いローラには聞こえなかったらしい。

「ローラ。厨房の外に出てくれる？」

「マルティーヌ様？」

「私がここでこれからやることは誰にも見せないと、お母様と約束させられているの」

「それは、厨房で料理をするなど伯爵令嬢のやることではない、とおっしゃりたかったのでは
……」

「やるのが駄目なのではなくて、見られては駄目なの」

「はぁ……」

渋るローラを厨房から追い出して一人になると、「ぐふふふ」と、つい悪い顔で笑ってしまった。

「とりあえず使い慣れたキッチンに改造しちゃおう」

かまどらしきものがあったので、そこで炭火調理をすることにした。

キャンプのバーベキューコンロだ。あれをイメージすれば、何を作ればいいかわかる。

幸い、ここにはさまざまな大きさの鉄鍋や大量の薪がある。

「えーと。まずは炭かな」

炭の材料は木材だから、ひとまず調理台に薪を一つ置いてみる。

「バーベキューをしたときに使った炭は、確か十センチないくらいだったな。年輪を刻んだままギュウっと水分が抜け落ちて黒くなった感じで、硬くて……でも軽くて……」

両手で薪を触りながら、テレビで見た炭焼き小屋の様子を思い出す。

火を入れて燃え上がったところで窯《かま》の口は閉じられ、中ではぎっしりと積み上げられた木材が酸素不足で燃えずに炭化していく。

そんな風に出来上がりの黒く艶のある炭をイメージすると、手元の薪が想像した通りの色と形に変わっていった。

「やった！　出来た！　すごっ！　魔法だよ、魔法！　よぉしっ！　ジャンジャンいこう！」

調理道具を作らなくっちゃね。まずは鉄を材料に作るものから。大きさの違う鉄鍋を五、六個拝借。

ダッチオーブンとフライパンがあれば同時に調理できるよね。う̶ん。大きさはどうしようか。まぁ大は小を兼ねるって言うし、どっちも大きなフライパンサイズの二十六センチで作ってみよう。

え̶と？　ダッチオーブンって相当な厚みがあったよなぁ……。三ミリくらい？　いや、四、五ミリはあったかも。めっちゃ重かったしなぁ。うん。五ミリくらいを想像してみよう。

中くらいの鉄鍋を触って完成形を思い浮かべる。

「わっ。出来た！」

蓋の取っ手は丸く可愛く付けてみた。持ち手も付いているし完成だね。

フライパンの方も同じ厚さで作るか。鉄鍋の形を変えるようなものだから訳ない。

「ほいっと」

次はそれらを載せられるバーベキューコンロだ。サイズ的に大物なので、大きな鉄鍋を触りながら考える。

ダッチオーブンとフライパンが載るくらいの大きさの長方形を思い浮かべて、四本の脚を短めに付けよう。

「はい、出来た！」

簡単。簡単。

「あ。あと焼き網もいるか。それにトングもあった方がいいよね。小物って一度に複数個出来たりするかな？　まあ物は試しか。はい、よっと」

小さな鉄鍋を触って焼き網とトングを思い浮かべると、ポンと出来た。

単純な形で普段使いしている馴染みのある物は、詳細に思い出さなくても造作もなく作り出せるみたい。

あぁ私――あっという間に魔法を使いこなせているよ！

「ひとまずはこんなものかな。あ！　火おこしのスターターも作っておこう」

少し小さめの鉄製品で作ろうと探していると火箸が目に付いた。火箸をつまんでシャギシャギと擦《こす》る丸い棒に変身させる。超簡単。

ええと？　擦る方ってペラッとした感じだったよね？　まあ精巧な物じゃなくていいか。後からいくらでも変えられるし。もう一本火箸を取って、えいやぁっと。

「はい、出来上がり」

鉄製品が終われば次は木製品だ。薪を三つほど両手で抱えて調理台に乗せる。もう作りたい放題な気がしてきた。

木製のものといえば、何をおいてもまずは菜箸。木べらはその辺にありそうだけど一応作っておくか。はいよっと。

……ん？　木ってパルプになって紙になるよね？　紙の原料になるってことは、キッチンペーパーも出来るかな？

昔テレビでチラッと見た、細かなチップが綺麗な白色になって幅広のシートに加工される工程を思い浮かべてから、ロール状の完成形を想像する。

「出来た！」

薪がキッチンペーパーになったよ。もう私に作れないものなんてないんじゃない?!

調理台の上に、成形魔法で作った物を並べてみた。

「……すごい。壮観だわ。思い通りのものを成形できるって、この世界に３Dプリンターがあるようなもんじゃない。いや、もはやそれを凌駕《りょうが》しているかも。…………で。晩ごはんは何を作ろうかな」

結婚式の料理のために大量に食材を揃えたらしく、見たこともないくらいの量が厨房にあった。

「でもこれ、野菜はいいとして、肉は全部が塩漬けされている。塩漬けの肉かぁ。使ったことないんだけど。とりあえず洗って塩を落とせばいいのかな……。主食のパンは――。あっ！　ああっ！

パンがない！」

危なかった。早く気がついてよかった。作り置きがあるかと思ったら、なかった。

ドアを開けるとローラがドアから三十センチの距離で立っていた。こわっ。

本当に私を一人きりにするのが心配なんだね。

「ごめんなさい、ローラ。パンだけはすぐに焼けないわ。買ってきてくれる？」

「かしこまりました。数日分を買ってきておきますね」

ん？　なぜ、ホッとした顔をした？

パンがあれば、とりあえずは腹が膨らむとでも思った？

私、ちゃんとごはんを作るからね！

「とりあえずパンのことは忘れて、と。うーん。この塩まみれの豚肉はよく洗って塩を落とさなきゃどうにもならないよね。ええと。とりあえず適当に切り分けて煮るか」

困ったら煮ればいい。私はいつもそうしている。みりんと醤油と砂糖で煮れば、大抵のものはなんとかなる。まあ今はみりんも醤油もないけどね。

でもその前に火だよ、火。

炭に火をつけるために、薪をちょっとだけ、おがくずにして入れる。それからキャンプでやるように細木にして、その先端をナイフで削ったフェザースティックというやつも作る。

「こんなもんかな。あとはこのファイヤースターターを勢いよくシャカシャカって擦ると――」

ボワっと着火した。

「おー。やったねー」

炭ってなかなか火がつかないことがあるから、まあ、しばらくはこのまま薪を燃やすとしよう。

「ではクッキング開始ぃ！」

頭の中で料理番組のオープニングが鳴る。景気付けにいいね。

塩漬けの豚肉を、よーく洗って四センチ角くらいに切って、水と一緒にダッチオーブンに入れて火にかける。

最初は肉だけを煮てアクをとった方がいいのかな？

「うーん。別にいっか。面倒臭いから野菜も全部入れちゃえ」

目についたキャベツとジャガイモと人参も乱切りにして入れる。胡椒の実も見つけたので、潰して入れる。

もちろんピーラーもチャチャっと作ったもんね。鉄だからちょっと重たいけど。

塩味は後で調整だな。マスタードも味変用にあってもいいかも。まあ別添えだね。

「もう一品か二品はほしいなあ。うーん。ん？　アスパラかぁ。じゃ、定番だけど焼くか」

薄切りにしたベーコンでアスパラを巻いて、網の上で直に焼こう。これは最後に作れば冷めないよね。

他に一緒に焼いて調理できる何か。うーん。何かないかな。

大量にあるのはジャガイモだけど。

「あ！　あれを作れるんじゃない？」

私の大好物のハッシュドポテト！　家の冷凍庫に大量に保存してあるから、ほぼ毎朝食べていたんだよね。

ジャガイモを粗みじん切りにして、片栗粉はないから小麦粉と塩と胡椒を入れて混ぜる。うん。

いい感じの手応え。

あとは薄く小さめの小判形にして、フライパンで揚げ焼きするだけ。

「すごくない、私？　結構自信あるんだけどな。みんな喜んでくれるかな。…………………。ぬうおぉー！　そうだった！　ケチャップがなーい！」

マルティーヌとして生きてきた十二年と一ヶ月。一度もケチャップを食べたことがない！

私、マヨネーズはなくても生きていけるけど、ケチャップはないと駄目なんだよねー。

まあ、でも。ケチャップって、基本的にトマトのソースだからね。その気になれば作れるはず。近いうちに絶対作ろう！

調理実習でマヨネーズを手作りしたとき、ケチャップやソースも手作りできないか、みんなと一緒にネットで調べたことがあるからね。塩、胡椒以外に、酢も砂糖もスパイスもあるみたいだから、いけるはず。

「今はケチャップとかソースとかは忘れよう。塩と胡椒があれば上等」

ポトフっぽいものはアクを取りながら煮て、最後に塩味を調整したけど、肉と野菜から旨みが出て結構美味しく出来た気がする。

アスパラベーコンとハッシュドポテトを焼いたところで厨房の外に出てみたら、ローラが既に買い物から帰ってきていた。

まあ、なんだかんだで二時間近く経っているものね。

夕食にちょうどいい時間になっている。

「早かったのね、ローラ。じゃあ配膳を手伝ってくれる？」

「もちろんです、マルティーヌ様。マルティーヌ様の分はダイニングルームに運びますが、その前にお着替えをされませんと」

「そういうのは領地に行ってからにしたいわ。今日の晩ごはんは、さっきのお茶と一緒で、四人で食べましょう」

「いえそれは――」

もう。固いよ。固いな、ローラ。

「いい？　ちゃんと四人分をよそってダイニングルームに運んでね。私はレイモンたちをダイニングルームに集めるから」

「かしこまりました」

レイモンとドニを探して、みんな一緒にダイニングルームで晩ごはんを食べるのだと私が力説すると、またしてもレイモンに止められそうになった。

でも着替えができないほど疲れて、早く食べたいのだと上目遣いに駄々をこねたら許してくれた。

チビっ子でよかった。そしてレイモンの弱点を発見しておいてよかった。

✦・✦・✦

恐縮するレイモンたちを無理やり座らせ、自慢の三品を勧めた。

「さあ、召し上がれ！」

ローラとドニは、レイモンに何かを目で訴えている。いったい何を？

レイモンはなぜか小さなため息をついて、意を決したのか、「それでは、ご相伴にあずかります」と言って、ポトフのジャガイモを口に運んだ。

「これは！　これを、これら全てをマルティーヌ様がお作りになられたのですか？」

「ええ」

驚いた？

「あの。厨房に入られたご経験がおありだったのですか？　旦那様がお許しに——ああ、いいえ。それにしても本当に料理なさるとは。下ごしらえから全部お一人でなさったのですか？」

「そうよ」

うんうん。もっと感心してちょうだい。驚いていいんだからね。

「ねえ。ほら。みんなも早く食べてちょうだい」

「はい。それではちょうだいいたします」

ローラとドニも、レイモンに続いた。

さ！　早く口に入れて。

咀嚼《そしゃく》して飲み込んだ二人は、一様に驚きの表情を浮かべていた。

よかった。私の味覚、間違ってなかったんだね。

ポトフはいいから、他のはどう？

あ、ドニがハッシュドポテトにフォークを近づけた！

「あの、マルティーヌ様。この薄くて丸い形のものは何でしょうか？　見たことがないのですが」

用心深いやつめ。

「それはジャガイモの料理よ。食べてみて」

なぜ、レイモンとローラは手を止めたの？

わかるよ、ドニ。人の視線を集めながら食べるのって嫌だよね。でも早く食べてみて！

「変わった食感ですね。でも、美味しいです。あぁ、私はこの料理好きですね」

でしょ？　でしょ？

よし、大丈夫そうだな――じゃないよ。まったくもう。

ドニに続いてレイモンとローラもやっとハッシュドポテトを食べてくれた。ニマニマしている顔が雄弁に感想を伝えてくれる。

どれどれ。私も念願のハッシュドポテトを一口。ん？　うーん。うーん？　思っていた出来上がりとちょっと違う。この物足りなさは何だろう？　何かが足りない。

まあなんとなく覚えていたレシピで、こんなもんかと作っただけだもんね。いいとこ六十点くらい、いや五十五、まあ五十点ってところかな。

もしやみんな、イマイチな味なのに無理して食べてくれている？　そう思って三人を観察したけど、特に気を遣っているようには見えない。

「マルティーヌ様！　これは――わざわざベーコンを巻きつけて焼かれたのですね。これは美味しいです！　いくらでも食べられます！」

あぁ、ドニはアスパラベーコンが気に入ったんだね。まあ馴染みのある素材に、馴染みのある味付けだしね。

「マルティーヌ様。私もこのアスパラとベーコンが気に入りました」

ローラもほっくほくの笑顔で食べてくれている。

「本当に三品とも美味しいです。それにしても、このような料理のされ方をどこで学ばれたのですか？」

ローラの何気ない質問に、口の中のものを吹き出しそうになった。

いや――ええぇ。どうしよう……。

「それがね、よく覚えていないのよ。子どもの頃に誰かがこの料理の話をしているのを聞いたことがあって。お母様がいらっしゃったら詳しく説明してくださったのでしょうけれど……」

わざと伏し目がちで言うと、効き目がありすぎて三人ともピキッて固まっちゃった。あ、ごめん。

「そ、そうでしたか」

ほんと、ごめんね、ローラ。

「それよりも、みんなの口に合ってよかったわ。遠慮せずにどんどん食べてね」

三人とも、元気よく「はい」と返事をしてくれた。ふぅ。

三人がナイフとフォークを動かして口に運ぶ姿を見ながら、私も異世界初の手料理を堪能した。

自分で作っておきながら言うのもアレだけど、やっぱり美味しい！

農薬なんて使っていないから全部オーガニックだしね。素材の力、半端ないかも。

うわー。みんなのお皿からみるみるうちに料理がなくなっていく。ものすごく嬉しい。作った甲斐があるよ。

私たち四人は、ほとんど会話らしい会話もしないまま、食事を終えてしまった。

代表してレイモンが口を開いた。

「大変美味しくちょうだいいたしました。ですが――」

ん？　『ですが』？

「やはり領主のマルティーヌ様が厨房に入ることは差し支えがございます。夕食はありがたくちょうだいいたしましたが、明日の朝食からはローラとドニが準備いたします。また、従来通り他の使用人たちと一緒に、私どもは使用人用の食堂で食べます」

ええっ？　それじゃあ私は、いつもひとりぼっちでごはんを食べることになるじゃない。

「ねえ、今やモンテンセン伯爵家は少数精鋭となった訳だから、固いことは言いっこなしで、これからも四人で一緒に食べましょうよ」

あ、私ったら、令嬢の口調を忘れているわ。

「いいえ。そういう訳にはまいりません」

ああもう。レイモンってばほんと、石頭なんだから。今からこんな調子じゃ、これから先うまくやっていけるか自信を無くしちゃう……。

心の中では、「えー！」と非難がましい声を上げながらも、一応、レイモンの言うことを聞くことにして、その日はゆっくりと湯浴みをして眠った。

✦・✦・✦

ローラってば、何気に料理上手だった。

彼女は慣れないはずの他家の厨房を使いこなし、見事な朝食を作り上げた。

温めてくれたパンとサラダとスープという簡単なものだったけれど、なんとサラダは温野菜だった！

蒸しただけの野菜に塩を振りかけた素朴な料理なんだけど。これが美味しいのなんのって。もう、感動してしまった。

そしていつの間にか私は、「毎日作ってね」とお願いしていた。なんかちょっと悔しい。

朝食が終わって自室に戻りソフィアに手紙を書いていると、料理人の面接に一人来ていると報告が入ったので、ものすごく張り切ってレイモンと一緒にダイニングルームで面接をした。

正直言って微妙な感じの人だった。

得意な料理を聞いても特になく、ただ単に料理が出来るので料理人として働いていただけらしい。

さすがに新メニューの開発をするような探究心とかまでは求めないけど、せめて料理好きな人がいい。

せっかくなのでローラに頼んで、塩と砂糖をそれぞれひとつまみずつ溶かした水を用意してもらい、味覚を試させてもらったけど、どちらも感じ取れなかった。まあ、辞めてもらった料理人も濃い味付けをしていたから、この世界の人には難しいのかもしれない。

とりあえず、結果は追って連絡すると言って帰ってもらった。

先に執務室に戻ってレイモンを待っていると、彼は少しだけ興奮した様子で戻ってきた。

「公爵閣下からのお返事のようです」

女性を送り出したタイミングで返事を受け取ったらしい。

受け取った手紙には、格好いい封蝋《ふうろう》がなされていた。

うわぁ。本物の封蝋だぁ。初めて見たわ。

そんなテンションで気軽に読んだのがいけなかった。公爵は、問答無用で二週間後の面会を通告してきた。

……そんな。最低でも二週間後っていったらさ、もうちょっと猶予をくれないかな。じゃあ三週間後でどう？　とかさ。

もうこれだけで公爵の評価が私の中で下がっちゃったよ。

「コホン。マルティーヌ様？」

愕然とした私を見て、レイモンは焦《じ》れたみたい。

「二週間後ですって」と言って、手紙を彼に渡したら、サッと目を通して、「当家にお越しになると？」と瞳に驚愕の色を浮かべて漏らした。

……あ？　そっち？

「来るって書いて――お越しいただけるようね」

「こうしてはいられません。急ぎ準備を始めませんと！」

え？　準備？　何をするの？

「手伝いができる者を領地から呼び寄せねばなりません。このお屋敷は全体的に手入れが不十分ですので、すぐにでも修繕と清掃を始めなければなりません。全体は無理でも、エントランスと応接室だけでもなんとかしなければ……。料理人の件は打ち切りでよろしいでしょうか。これ以上の紹介は不要だと連絡させていただきます」

うん。いいけど、私が「いいよ」って言う前に決めちゃっているよね。レイモンがそんなに焦るとは。公爵の訪問って相当な一大事なんだね。

あれ？　でも待って。二週間後以降ならって言われて二週間って返事をする公爵って――。

右も左もわからない十二歳の少女相手だろうと、なんだか容赦しない人な気がする。

どうしよう。憐憫《れんびん》の情などこれっぽっちも持ち合わせていなくて、後見人を引き受けるに足る人物かどうか、冷静にそのことだけを判断しようと考える人だったら？

私、このままだとヤバいんじゃない?!

だって領主となる領地のこと、なーんにも知らないんだもん。何を聞かれてもポッカーンだよ。

そんな子、領民だってお断りだよね。

ヤバい！　ヤバい！　ヤバい！　ヤバい！

「レイモン!!」

自分でも思った以上に大きな声が出た。

レイモンは取り乱したことを咎められたと思ったらしく、ハッとした様子でいつもの彼に戻り、

「何でございましょう？」と、ゆるりと返事をした。

違うけど、まあいいか。

「ねえレイモン。準備期間が二週間というのは、本当に短くて大変だと思うわ。あなたも私もね。でも、公爵は当家の実情を調査されたはずでしょ？　だとしたら、前当主が諸々蔑《ないがし》ろにしていたことも、きっとご存じの上でお越しになるはずよ。だから当家のもてなしが不十分であっても、二週間やそこらでは仕方のないことだとご理解くださるはず。でもね、この私は——私自身については、準備不足じゃ済まされないわ。当主として支えるに足るだけの人物だと公爵に証明できなければ、きっと後見人を引き受けるかどうかの検討さえしていただけないわ！」

レイモンが、むぅと押し黙った。

でしょ？　そうでしょ？　今一番大事なのはそれでしょ？

家なんかに構っている場合？　当日は紅茶とお菓子を出せばいいだけじゃないの。

私、後見人は一発で決めたいんだよね。

だって、カッサンドル伯爵が推薦してくれたってことは、その公爵なら、それなりの対応をしてくれるだろうって思ったってことだよね？　優しさとかそういうのは無い人かもしれないけど。

国王の命とやらで指名される人なんて、どんな人間かわかったもんじゃない。やる気がないだけならまだしも、変に色気を出してウチから取れるものは取ってやろうとか、不埒なことを考える輩《やから》

だったら大変じゃない。

何故《なぜ》かレイモンと睨み合っていると、ローラが執務室に入ってきた。

「お取り込み中のところ申し訳ございません。また応募者が来ております」

はーん？　今ぁ？

料理人はもういらないって決めたところだったのに。

「あの。マルティーヌ様のお手を煩わせるのもなんでしたので、先ほどと同じ水を作りまして舐めていただきました。その結果、アルマと申す者は見事味を言い当てました。マルティーヌ様のお許しを得ずに差し出がましい真似《まね》をいたしまして申し訳ございません」

「まあローラ！　いいのよ。今は非常事態よ。助かるわ。レイモン。アルマに会ってくるわ。あなたはあなたの仕事をしていてちょうだい」

「承知いたしました。ではローラ。マルティーヌ様を頼みますよ」

「はい」

✦・✦・✦

そして再びのダイニングルーム。

瞳を輝かせている女性が壁際に立っていた。まだ二十代かな。体つきもほっそりしている。あなたがアルマね。

私は挨拶もそこそこに、早速質問した。

「あなたの得意料理は何？」

アルマは、「はい」と返事をしてから答えた。

「私はオーブンを使った料理全般が得意です。焼き目を見て火加減を変えたり、途中で火を止めて余熱で調理するなどしています。これまでお仕えした皆様にはご満足いただいておりました」

ダイニングルームに向かう途中、ローラからアルマの経歴を聞いていた。

彼女は働いていた家で、身の危険を感じることがあって辞めたのだという。当主によるセクハラだ。許せん！

とりあえずアルマの答えに満足してうなずいてから、さらに尋ねる。

「あなた、料理人としての経験は、補助を始めてから五年だそうね。鶏や魚をさばいたり、スパイスを独自に調合したりすることはできる？」

「鶏はさばけますが、その。私は魚をさばいたことは一度もありません。ですが、教えていただけましたら、すぐに覚える自信はあります。はい。スパイスについては――知らないスパイスを入手したときも、少量で試しながら配合を改良しておりましたので、お好みに合わせることができると思います」

しまった。生魚は流通していない世界だった。

「あの、気にしないでね。魚については興味本位に聞いただけなの。ええと、あとは――。私、近々領地に戻る予定なの。もし領地について来てほしいと言ったらどうする？」

「私には身寄りがないので、どこへなりともお供いたします」

おう！　もう言うことないじゃない。

「アルマ。あなたを採用します」

あ。言っちゃった。

「はいっ。ありがとうございます。一生懸命務めさせていただきます」

「いつから来られる？　明日からでも大丈夫？　ええと通いになるのかしら？　それとも住み込み？」

「その。住み込みを希望します。どんな部屋でも構いませんので」

「そう？　わかったわ」

そう言いつつローラを窺うと、「問題ございません」というようにうなずいている。

「じゃあ明朝来てちょうだい。それまでにあなたの部屋を用意しておくわ」

「はい！　よろしくお願いいたします」

さあ。これで料理人の問題は片付いた。これからは本腰を入れて後見人問題に取り掛かるとしよう。

✦・✦・✦

料理人の採用については、連絡やら契約やらをレイモンが、受け入れ準備をローラがしてくれることになり、私は目下、対公爵作戦に没頭している。

執務室にでんと置かれた前当主のデスクと椅子は、私の身長に合わないため、相変わらずソファーにちょこんと座っている。

傍目《はため》には、大人の仕事を邪魔しに来た子どもみたいに見えるかもしれないけれど、ちゃんと考えているんだからね。

公爵との面会は、つまるところプレゼン大会だ。

貴族の面会？　だか面談？　が、どういうものなのかは知らないけど、今回の目的は、マルティーヌ《私》は真面目に領地経営に取り組む意欲が有り、将来有望な人間であると公爵に認識してもらうこと。

そのためには、プレゼン資料を作りこまないとね。

そして資料を作るには、何をおいてもまずは領地に行かなくっちゃ！

「あー、コホン」

……ん？　どうしたレイモン？

「う、うぉほっん」

言いたいことがあるのなら、はっきり言えばいいのに——と思った途端、自分がもはやソファーに座っていないことに気がついた。

発熱しそうなほど脳みそを使っていた私は、気づけばソファーの上でうつ伏せになり、膝を曲げて足をぶらつかせていた。

ヤバッ。前世の癖、丸出しじゃん！

私が何事もなかったかのように座り直すと、レイモンも何事もなかったように口を開いた。

「マルティーヌ様。取り急ぎフランクール公爵閣下に返事を差し上げませんと」

「そ、そうね」

そうだよ。礼儀知らずな娘だと思われたらマイナスからのスタートになっちゃう。

またしても文面はレイモンにアドバイスをもらいながら、二週間後にご足労いただけることに対してお礼を書いた。

「本来でしたら、先方のお好みを把握した上で茶葉や茶菓子を手配するべきなのですが――。そこは潔く諦めましょう。マルティーヌ様のおっしゃる通り、マルティーヌ様自身の売り込みを成功させることに注力するべきかと。もちろん私ども使用人は、マルティーヌ様を当主としてお支えする決意であることを、当日は態度で示す所存です」

お、おう。サンキュー。レイモンの意気込みも相当だね。私も頑張らないと。

「――となると。やっぱり領地のことを知っておかなくては。何にも知らないじゃあ話にならないわ。そうだ、レイモン。私ってそもそも領地に行ったことあるの？」

レイモンは伏し目がちに、「いいえ。ございません」と答えた。

だよね。記憶にないもん。

……え？　そんな領主――領民はどう思うの？

「レイモン！　私、どうしても今すぐ領地に行かなくっちゃ！」

「マルティーヌ様。落ち着いてください」

「落ち着いてなんていられないわ！　やっぱり相続したからには、ちゃんと領地にも行って現状把握に努めたっていう実績を残しておきたいわ。あぁそれにしても、お父様が亡くなってもう五日も経ったのね。くぅ。今日出発したとしてよ、行って帰るだけでも五、六日か、もしかしたらもっとかかるんでしょ？　帰ってから資料を作成する時間て——え？　えーと。えぇ！　もうあんまり時間、残ってないじゃん」

「じゃん？」

うわっ。ヤバい。前世の私が前面に出過ぎちゃった。

でもとにかく、なんとしても行かねばならんのだよ。絶対に！

「ねえレイモン。領地視察は、話を聞きながらだと二日は必要なのよね？」

「はい……」

なるほど。じゃあ、片道移動に三日として往復で六日でしょ。視察に二日かかるとなると、資料は五日、いや四日で作成しないといけない。

プレゼンだけじゃなく、公爵ご一行のお迎えからお見送りまでのリハに一日取りたいし、もしかしたら王都に帰ってからの休養が一日じゃ足りないかもしれないしね。

あれ？　そう考えたら、帰りの移動を四日としてリハと予備日を設けると、資料作成は三日だよ。

仕方がない。これでいこう。いくしかない！

「レイモン。お願い。できれば今日の午後にでも出発したいわ。我が儘を言うようだけど、ここが正念場だと思うのよ。私、立派な領主になりたいの。そのためにも、きちんとした方に後見人をお願いしたいの。私を支えてくれると言うのなら、最初の一歩を確実なものにするために協力してくれないかしら」

「マルティーヌ様――」

そうだった。私、まだレイモンやローラたちに、領主としてちゃんと挨拶していなかった。私の意気込みについてもね。

「かしこまりました。リエーフもそろそろこちらに到着する頃ですので、ちょうどよかったかもしれません。それではすぐに手配いたします。この屋敷には留守役としてドニを残します。明日からは料理人も来ることですし、使用人たちの心配はいらないでしょう。私はこれから領地への指示をいくつか分けて出しますので、マルティーヌ様はローラと一緒にご自身の準備をなさってください」

「リエ……？　とにかく、ありがとうレイモン！　よろしく頼むわね」

オッケー。旅の準備に取りかかろう。

ローラにはアルマの部屋の準備を先にしてもらうことにして、私はひとり自室でニヤニヤしていた。

なぜなら、今からワンピを制作するから！

だって視察ということは、二日間、歩き回るんだよ？　茶会用のうふふなドレスなんて着ていられない。まぁ今着られるようなサイズのものは持っていないんだけど。

脱ぎ着しやすいワンピと、野山を歩けるようなパンツを作っておきたい。

できれば領地ではずっとパンツで過ごしたいな。あぁでもレイモンのお許しが出ないかもしれない。一応、ワンピの下に穿《は》けるようなクロップドパンツも作っておくか。

現地のお偉いさんとの顔つなぎとかってあるかな？　あればドレスも必要か。まあどうせ馬車に積むんだし、一着くらいは持っていくか。

となると、靴はドレス着用時の三センチヒールに、ワンピ用のぺたんこパンプスと、視察用のブーツ。あと、どっちもありのローファーだな。

「じゃあ、ちゃちゃちゃっと作っちゃおう」

手持ちの材料を確認すると、ソフィアとお茶会に行っていた頃の子ども時代のドレスが二十着くらいと、金や銀のアクセサリー類があった。

贅沢だけどファスナーは金で作ることにしよう。

本来ならば、採寸した大きさの型紙に沿って布を裁断して縫い合わせるんだけど、私の成形魔法なら、そういう一連の作業は二十倍速くらいの早回しで、脳内でキュルンと再生しておくだけでいい。あとは完成形をイメージすれば、素材が一瞬でその工程を終えて出来上がるのだ。

ファスナーも、左右のボコボコした部分がかみ合わさってくっつく原理を思い出しておく。

うん。いけそう。試しに一着作ってみよう。

ピンク色のサテンのドレスと金のネックレスを手に取って、ウエストにタックを入れてフォルムを変えたシンプルなデザインを思い浮かべてみた。

「あっ。出来た！　すごい！　ちゃんと背中にファスナーも付いてる！」

試着してみると、身幅が少し小さかった。

ファスナーを上げつつ、体に沿わせてもう少し幅を広げることをイメージすると、するすると広がっていく。

「えー。何これ!?　ぴったりフィットする服が作れるじゃん！」

次に目に付いた子どもらしい黄色いドレスは、ちょっとおしゃまにモックネックのドレスに変えてみた。

出来上がったドレスを再度手に取って、スカートの一部をシルクシフォンに変えて裾にドレープを重ねる。

「ふっふー。ゴージャスー！　あー楽しい！」

これもヒップが引っかかったため、上機嫌でサイズを大きくしながら直していく。あっという間に二着出来た。残るはパンツ類だ。

「……あ。パンツは綿素材がいいな」

使っていない部屋のカーテンでいいか。

私たち家族が使っていた部屋のカーテンは派手な柄ばかりだったので、使用人たちの使っていた部屋を覗いてみた。

「当たり！　こういう焦茶色の無地とかでいいんだよ」

小さな窓のカーテンを外して部屋に持ち帰り、パンツも二着作成した。

穿いた状態でフィット感を調節できるってすごく便利。体型が変わってもいつでも直せるわ。まさに自由自在。

「さて——と。旅行の荷物ってアウターだけじゃないからなぁ。この世界じゃ何が必需品なのかも知らないんだよね。うんまあ。それはローラに頼もう」

可愛らしいトランクも作ろうかなどと考えていたら、レイモンがドアをノックした。

人前に出られる状態ではないので、ドア越しに会話をする。

「マルティーヌ様。領地より呼び寄せた者が到着いたしましたので、お手隙《てすき》でしたらご挨拶をさせていただきたいのですが」

え？　いつの間に？　そんな話してなかったよね？

「ええ大丈夫よ」

「では、執務室までお越しくださいませ」

「わかったわ。ちょっとだけ片付けてから行きたいの。少し待っててもらえるかしら？」

「かしこまりました」

ベッドの上に脱ぎ散らかしたワンピやパンツをそのままにはしておけないしね。

✦・✦・✦

執務室に入った途端に、一人の少年と目が合った。

え？　この美少年は誰？

いかにもファンタジーって感じの白い髪に赤い瞳。身長は私より十五センチくらい高い。どこか幼さを残したような面影は庇護欲をかきたてられる。

ヤバい。私って、セクハラオヤジの素質があるみたいだわ……。

頬をちょっと撫でてみたい——などと思ってしまった自分に恥じていると、少年がピシッと姿勢を正して頭を下げた。

それを見たレイモンが満足げに、「マルティーヌ様。リエーフでございます」と、少年を紹介してくれた。

……う。

当主の威厳も何もあったもんじゃない。だって名乗りもせず、リエーフっていう子のことをガン見していたんだからね。レイモンも気づいたよね？　いや、本人も気づいたはず。

こういう綺麗な子って、小さい頃からみんなに見つめられて育っただろうから、他人の視線に敏感そう。

うわぁ、恥ずかしい。

「リエーフは、先々代の旦那様の護衛を務めていた者にその才能を見出《みいだ》され、幼少の頃より訓練を重ねて参りました。まだマルティーヌ様と同じ十二歳ですが、着の身着のまま森の中に放置されても生き抜けるだけの技量を既に持っております」

何それ？　この世界って、サバイバル能力が必要なの？

ん？　先々代ってマルティーヌの祖父だよね。まったく記憶にないわ。

「先々代の旦那様は、マルティーヌ様がお生まれになる前に亡くなられておりますので、ご記憶はございませんでしょう。リエーフの師も、とうに現役を引退しております。マルティーヌ様も学園に入学されましたら外出の機会も増えるでしょうから、護衛が必要になるかと思いまして、勝手ながら領地で育成しておりました」

もうレイモンったら――。

泣かせないでよね。そういうことって、普通は父親が考えることだよね。

「……マルティーヌ様がお嫌でなければ、リエーフをお側に置いていただきたいのですが。もしご不快に感じられるようでしたら、この者はすぐさま領地に戻し、二度とお目汚ししないことをお約束いたします」

え？　え？　待って。待って。お目汚しって何？

何よ、その究極の二択みたいなのは？

え？　もしかして私がセクハラしそうに見えたの？　ちょっと見惚れただけじゃないの。

「何一つ不快なことなんてないわよ？　こちらこそよろしくお願いね、リエーフ」

え？　二人とも何をそんなに驚いているの？　私、変なこと言った？

リエーフはパチパチと目を瞬《しばた》いている。それでもレイモンがチラリと視線をやると、ハッとして口を開いた。

「お初にお目にかかります。騎士としてはまだ半人前ですが、マルティーヌ様の護衛を務められるよう精進してまいりますので、よろしくお願いします」

お、おう。私の護衛騎士か。

今後は王都だろうと領地だろうと、私の行くところには全てリエーフが護衛として同行することになる訳ね。

今日の午後、視察のために領地に行く訳だけど、もちろんリエーフも一緒だよね。それって思いっきり蜻蛉《とんぼ》返《がえ》りだ。馬は大丈夫なのかな。

まあ、そういうことはレイモンが抜かりなく考えているか。

✦・✦・✦

昼食をひとりぼっちで食べさせられそうになったので、リエーフの歓迎も兼ねてみんな一緒に食べたいと我が儘を言い、ダイニングルームで一緒に食べてもらった。

ランチはローラが作ってくれた。

軽く焼き直したパンと、ベーコンと野菜を焼いたものだけだったけど、とても美味しくてお腹がいっぱいになった。

「ローラは料理上手だったのね。言ってくれればよかったのに」

私は料理は『出来る』だけで、決して『得意』ではない。ただ単に、前世の定番料理の作り方を知っているだけ。

「得意というほどでもございませんが。必要に駆られてやっていくうちに出来るようになったまでですので」

あー、家族多かったもんねー。ここは便利な家電も無い世界。家事に費やすマンパワーって相当だよね。

ローラは満足なものを用意できず申し訳ないと、しきりに恐縮していた。これで十分なのに。パンに挟んでガブリといきたいところだったけど、さすがに、そんなはしたないことはできなかった。

食事を終えると、私以外の四人はバタバタと動き回った。特にレイモンは大忙しだ。

「ドニ。メイドの採用は任せます。テキパキと仕事をこなせる者を一名だけ採用しなさい。住み込みを希望する場合は部屋を自分で整えさせるように。それと応接室の壁紙を貼り替える手配は――」

「はい。職人が明後日来る予定になっています。私の方で抜かりなく対応いたします」

「よろしい。できれば絵画も変更した方がよいので、屋敷の中からふさわしいものを数点選んでおくように」

「はい。この屋敷にあるものは全て把握しておくつもりですので、お戻りになるまでに確認しておきます」

うわぁ。レイモン、諦めてなかったのか。公爵をおもてなしするのに譲れないものがあったんだね。うん。口を挟むのはやめておこう。

ドニもいつもの色っぽい笑顔じゃなくて、キリッとした執事顔で受け答えしているもんね。

領地での差配や、私たちが泊まる宿屋の予約もしたいとのことで、レイモンは一足先に出発することになった。

レイモンは領地まで、また馬で帰るという。いったい幾つなんだろう？　結構いい歳だと思うんだけど、すごい体力だよね。

ドニとローラが乗ってきた馬車はカントリーハウスで使用している紋章の付いていない馬車で、ドニたちを降ろした後、すぐにそのまま領地へと引き返したらしい。

「レイモン。ちゃんと休憩しながら帰るって約束してね」

「お気遣いありがとうございます。どうかマルティーヌ様もお気をつけて。ドニ、留守を任せましたよ。何かあれば早馬を寄越すように。ローラ。リエーフ。マルティーヌ様をよろしく頼みます」

三人は声を揃えて、「はい」と元気よく返事をした。

私もドニたちと一緒に馬上のレイモンを見送った。

その姿が見えなくなると、なんだかひどく心細く感じた。

第二章

領地視察

tenseishita
watashiha osanai
onnahakushaku

レイモンを見送った後は、自分たちの出発準備だ。リエーフが御者と話をしながら馬車を確認し、ローラが荷物を積み込んでいく。

「マルティーヌ様、ご気分が優れないときは遠慮せず早めにおっしゃってくださいね。どんな場合でも対処できるよう、ローラやリエーフは仕込まれていますから。使用人に変に気を回したりしないでくださいね」

玄関先で、ドニがアイドル顔負けのスマイルで言う。

「リエーフは歳の割に体も大きいですし、何より剣の腕前は本物です。領地に着くまで怖い思いをすることはないでしょう。疲れたとかお腹が空いたとか、何かしら気分に変化があれば、すぐにローラにおっしゃってくださいね」

ここにいる四人の中でドニが一番年上だからか、出発する私たち三人はなんだか、いくら注意してもしすぎることはないと見送られる幼子《おさなご》みたいな扱われようだ。

リエーフとローラは褒め言葉だと受け取ったようで、ドニの言う通りだと言わんばかりに胸を張って、「任せろ」と言いたげだ。

いや、リエーフはわかるけど、ローラまで護衛のノリに見えるのは何故？

でもほんと、いざっていうときはローラも戦いに加わりそうで怖い……。そういうときは手でも握っていてほしいんだけど。

「ありがとうドニ。リエーフとローラが一緒なんですもの。心配なんかしていないわ。いろんな問題が山積みなのに、私の我が儘で屋敷を離れることになって悪いと思っているの。本当にごめんなさいね。それじゃ、じいじやアルマたち使用人のことを頼むわね」

「かしこまりました、マルティーヌ様。それではお気をつけて」

ドニのとびっきりのスマイルに別れを告げて、最後の荷物と一緒に馬車に乗り込んだのは、レイモンが出発してから二時間ほど経った後のことだった。

リエーフは乗ってきた馬があるので、馬車には私とローラの二人だけだ。

記憶が戻ってから初の馬車移動なので、なんだか緊張してきた。

「マルティーヌ様？」

「平気よ、ローラ。いよいよ領地に向かうのかと思うと、なんだか胸がいっぱいになってしまって……」

「モンテンセン伯爵領は良いところです。ご心配は要りません」

ローラが満面の笑みで請け合ってくれた。

「そう。早く見てみたいわ。色々と」

✦・✦・✦

王都の街並みを見て、「おー」とテンションが上がったのも束の間、目抜き通りはあっという間に通り過ぎてしまった。

きらびやかな店がなくなり、大きな邸宅から小さな家へと景色が変わると、座り続けているのが苦痛になってきた。

馬車の振動を感じながらも、しばらくは窓から見える景色に集中していた――――んだけど。

頭の中に浮かぶ、「こんなに揺れる？」と「痛い！」が消えない。

このままではまずいと気になり、気にはなったけど我慢して、我慢して、我慢して、我慢していたんだけど。

え？　馬車って、めっちゃダイレクトに揺れを感じるんですけど?!

っていうか、ムチウチにならない？　この振動、お尻だけじゃなく首も腰も心配だよ。

これ、田舎道とかだったら、路面の状況次第では跳んだり跳ねたりしちゃうレベルなんじゃない？

「大丈夫ですかマルティーヌ様？　休憩なさいますか？」

いや、三十分も経たないうちに休憩なんて、我慢が足りなすぎると思う――けど、理性では抑えきれなかった。

「ごめんなさいローラ。ちょっとだけ確認したいことがあるから馬車を止めてもらえる？」

私ってば、気づかないうちにローラに目で訴えていたみたい。

「かしこまりました」

ローラはそう言うと、壁を叩いて御者に馬車を止めるよう指示した。

「お茶をご用意いたしましょうか？　携行用の道具を積んでおりますので、温かい紅茶をお淹れいたしますね」

「違うの、ローラ。本当に馬車を確認したいの」

「マルティーヌ様？」

　あ、いいの。いいの。こっちの話だから。

「少し待たせることになると思うから、ローラとリエーフは休んでいて」

「そんな！　なんでもおっしゃってください。私がマルティーヌ様の指示で確認をいたしますから」

　あのね。そうじゃない。そうじゃないのよ。『サスペンション』って言ってもわかんないよね？　あれ？　でもベッドのマットは弾力があったというか、柔らかい反発があったような……。スプリングとは違った気がするけど。中に何が入っているんだろ……。綿かな？

　いやいや、今はマットのことは置いておいて。

「いいの。自分で見て確かめたいの」

　踏み台を用意してもらい御者の手を借りて馬車から降りると、ドレスの裾をたくし上げて、その布をむんずとつかんで馬車の下を覗きこんだ。

「マルティーヌ様！　何をなさっているのです!?」

　まあまあ。落ち着いて。

　あー。やっぱりね。

「ローラ。それにリエーフも」

「はい。マルティーヌ様」

「お呼びでしょうか？」

名前を呼ぶと、二人は私の前に並んで立ち、かしこまった。これは多分、レイモンの教育の賜物だね。

二人にだけ聞こえるように声を潜めて言った。

「あなたたちを信用して私の秘密を打ち明けたいの。だから、まずは御者には離れたところで休んでいてほしいのだけれど」

「それでは私が」

リエーフはそう言うと、サッと行動に移した。

彼は自分の馬の手綱を御者に預けて何やらささやいた。御者は大きくうなずくと、彼の馬を連れて馬車から離れて行った。

「今時分は往来も少ないようです。民家とも距離がありますから、馬車道から少し離れれば誰にも見咎められたりしないでしょう。話も聞かれないはずです」

リエーフの赤い瞳に好奇心が浮かんでいる。いくら背が高くって剣術を習っていたとしても、『秘密』って聞くとワクワクしちゃう年頃だよね。

リエーフって、まだひょろっとした体格をしているけど、身長が百六十五センチくらいあるから、日本人の感覚だと高校生くらいに見えるんだよね。これが私と同じ十二歳とは恐ろしい……。

「マルティーヌ様。その秘密とやらは、厨房に一人でこもられていた件と関係があるのでしょうか？　厨房には、見たことのないモノがいくつかございました。それらは、『誰にも見せない』と奥様と約束されていたことと何か関係があるのでしょうか？」

鋭いローラ。ってか、あの厨房を見たらわかるか。

「ええ、そうよ。……そうだ。もう見てもらうのが一番早いかも。リエーフ。悪いんだけど、鉄とか銅とか、何か堅いものを調達してきてほしいの。鍋でも鍬《くわ》でも何でもいいから」

「……？　かしこまりました」

「あ、ええと。ローラ。お金はレイモンから預かっているのよね？」

「はい。マルティーヌ様」

そう言うとローラはリエーフに小袋を渡した。

スプリングって、誰かが発明してくれたものだったんだね。なくなって初めて有り難みがわかったよ。

リエーフが帰ってくるまでの間に、私は馬車の中で、持ってきていたブラウスとパンツに着替えた。

✦・✦・✦

抜かりなく厚手のソックスも作っておいたから、ローファーの履き心地もいい。

ローラは馬車から降りた私を見て、予想通り悶絶した。

「マルティーヌ様。そ、そのお召し物はいったい……？」と、崩れ落ちそうになっている。

理想のお嬢様じゃなくて、ほんと、ごめんなさいね。もう慣れてもらうしかないから諦めてね。

リエーフは使える男だった。

どこの家にあったのか、大きな寸胴鍋《ずんどうなべ》に、大小の鍋や火かき棒に文鎮と、とにかく木と紙以外の材質の物を入れて戻ってきた。

でかした！

口数が多い方じゃないのに、コミュ力はあるんだ……。

「ありがとうリエーフ。これだけあれば十分よ」

元の材料の何割増しの成形ができるかは、まだよくわかんないんだよね。材質によって違うのかもしれないし。

まあ、そんなことは将来考えればいいこと。今は、サクッと馬車を改造して出発しなくっちゃね。

「ローラ。リエーフ。あのね。実は私が使える魔法なんだけど。これがちょっと変わっていてね――」

口で説明するよりも、やっぱり。

「リエーフ。もうちょっと側に来てちょうだい」

「はい」

リエーフは、「ん？」と疑問を浮かべたまま私の前まで歩み寄ってきた。

彼が着ている騎士服（？）って、どこの家でも一緒なのかな？　それとも家ごとに違うのかな？

まあいいや。

袖口をつまんでアメリカの将校をイメージすると、彼の服のデザインが一瞬で変わった。

リエーフとローラが目を見開いている。さすがにお口あんぐりとまではいかないか。よく教育されている二人だもんね。

「見た？　私、物の形や大きさを変えることができるの」

……あ！　無意識でやったけど色も変えられるんだ！　そっか。そうだよね。赤、青、黄、の三原色で、どんな色でも作れるんだもの。

真っ白なコットンからは無理でも、既に染められた布なら材料となる色素が含まれている訳だから、私がイメージさえすればその色になるんだ！

これは使える！　素敵な発見だわ！

「うーん？　あなたには、こっちの方がいいかもね」

もうちょっとイケメンに似合うデザインにしたいな。

どこぞの国の皇太子が着ていたような、肩から胸にかけて金色のモールで飾った上着に変えてみよう。

そう、これっ。いいっ！　すごくいい。

かの方は赤色だったけど、リエーフには白で正解だったみたい。

「うっふっふ。移動中にこれは少し仰々しいかもしれないけれど、私の代からは、このデザインをモンテンセン伯爵家の護衛の正装にしたいわ」

そう宣言して拳を突き上げようとしたところで、置き去りにしていた二人が視界に入った。

おっと。

「ま、マルティーヌ様。いったい……」

あ、ごめん、ローラ。説明不足だったね。一人で盛り上がっちゃって悪い。

「マルティーヌ様。これは――この服は、その。私はずっとこの格好なのでしょうか?」

やだ、リエーフったら。顔が真っ赤じゃないの。もう、可愛いわ。

でも、ちょっと袖口をつままれたくらいで頬を染めてちゃ駄目だよ。相手にちょろいって思われるからね。

「そうよ。とっても素敵よ。よく似合っているわ」

「あ、ありがとうございます。マルティーヌ様は本当に私のこの顔を見ても何とも……。あ、いえ……。あの、これは――なんというか、その。王族の正装よりも派手――いえ、立派で。あまりに立派過ぎる気がするのですが」

「いいじゃない。もう王都は離れたのだし。これから田舎に向かって進むのでしょう? 『ああ、王都から来た貴族様御一行は違うなあ』って、それくらいにしか思われないわよ」

「ですが、領地に帰ったときにこの姿では――」

何がそんなに心配なの?

「レイモンには私の指示だと説明するわ。それでいいでしょう?」

ローラは言葉を失っているみたいだけど、ほとんど反射でこくこくとうなずく。

リエーフはまだ納得していないのか、心配そうに尋ねた。

「かしこまりました。でも、その――レイモンさんはマルティーヌ様の魔法のことをご存じなのでしょうか？」

あーやっぱり？　レイモンは全てを知っておかなければならない人なんだね。

「もちろん、レイモンにも打ち明けるわ。王都では話す機会がなくてね」

「そうでしたか。安心しました」

「よかった。じゃあ、もうちょっとだけ見ていてね。馬車を少し改造したいの」

「改造――ですか？」

「そう。終わるまで手出し無用よ。口出しもね！」

二人は声を揃えて、「かしこまりました」と言ったけど、理解に苦しむって顔に書いてある。

「あのね。ええと。形が変えられるのは布地だけじゃないの。たとえば、ほら。これ。この鉄鍋なんかも、元の形とは全然違う物に変えることができるの」

ふっふーん。

本当は軽いプラスチックが手に入れば言うことないんだけどね。

確か、３Ｄプリンターも樹脂で造形していたよね……？

「こうやって、材料には手を触れるだけでいいの」

そう。だから、たとえばこの鉄鍋を左手に持って、右手で馬車に触れる。これだけで準備オッケー。

あとは、前世で見たことのある馬車の車輪回りをイメージする。

ふふふ。何を隠そう私は前世で皇室が使用していた馬車を、日本橋のデパートでも見たし、明治村でも見ている。

その時にちゃんと説明を聞いたからね。もちろんネットでも調べた。

ホテリエたるもの、あらゆる業界にアンテナを張っていないといけないからね。美術館や博物館だけじゃなく、それこそ変わり種のミュージアムにも小劇場にも足を運んだ。

とにかく見聞を広めるために相当な自己投資をしていたのだ。今こそ、その元を取ってやる！

あのとき見た馬車は、車体をばねで支えることによって衝撃を吸収させていた。

確か、ピンセットみたいな形でたゆませていたはず。車軸がピンセットの下側のカーブの真ん中あたりにきていたっけ。そこだけ太くなっていたような……。

はいっ。

本当に、手をパンって叩くような感じで出来上がる。

「マルティーヌ様！　鍋が――鍋が消えました」

消えた鍋をつかもうとするかのように、ローラの体がつんのめった。

驚かせてごめんね。

ああ、でもそうか。結構、大きめな成形をしたんだけど、いかんせん、車体の下なんだよね。

でも、なんか――。なんというか。ふふふ。

街歩きのときのローラは、それはもう雄々しくて格好いいくらいだったのに。

理解できない現象を前にすると、こんなにも少女らしく目を白黒させちゃうんだね。

「ええとね。鍋は形を変えて馬車の車体を支える物に変わったの。なんというか、うーん。乗り心地を良くするために部品を一つ追加してみたのよ。そうだ！　ローラ！　ほら！　試乗してみましょう！　リエーフ。悪いんだけど、ちょっとだけ馬車を走らせてくれない？」

「かしこまりました」

さてさて。どんな感じかな？　ここまで大きな物って初めてだから、緊張しちゃうなー。

「もう、ローラ。早く乗って」

「は、はい」

ローラが馬車に乗り込んでドアを閉めたのを確認して、リエーフに叩いて合図する。

「それでは出発します」

さあ、いよいよだわ。

カタコトと走り出した馬車は、軽やかに進んでいく。

え？　これ、リエーフの腕がいいからとか、そういう理由じゃないよね？　サスペンションが効いているんだよね？

揺れはするんだけど暴力的でないというか、さっきまではガタンガタンッと揺さぶられていたのが、カタカタカタという軽い振動に変わっている。

「……マルティーヌ様」

ローラがパアッと顔を輝かせた。

そうでしょう？　違うでしょう？　良くなったでしょう？

壁を叩いて、「止めて」と言うと、馬のいななきと共に馬車が止まった。

きっとリエーフには車内の私たちの感動は伝わっていないよねぇ。

あぁ、リエーフとも感動を共有したかった、と思っていたら、ドアを開けたリエーフに、「何をなさったのですか？」と食い気味に聞かれた。

「リエーフ。なんですか、やぶからぼうに」

「申し訳ありません。ですが、私の知っている馬車とは違っていたもので」

あ！　そっか。御者台も繋がっているもんね！

「私の魔法で少しだけ補強というか、振動を低減させる部品を付け加えたの。すごいでしょう？」

「すごいです！　マルティーヌ様！」

リエーフは本当に感激しているみたいで、興奮を隠しきれない様子。

まあ、乗り物系だし、男の子の方が反応がいいのかもね。

じゃ、ローラ。次は私たち女子の番だよ。

もう一度おさらいしておくと、私の成形魔法は、材料さえあれば思い描いた形にできるというもの。

つまり、鉄鍋を瞬時にバネに変えた後、もう一回鉄鍋に戻すことだって可能。

だから、領地までの道中だけ馬車を改造して、着いた途端に元の姿に戻すことだって出来る。

ふっふっふー。

だからもう、内装も好きなだけイジることにする！

「リエーフ。馬車の中には私たち以外は入らないわよね？」

「もちろんです。安全を確保するため、休憩中も私が目を配っております」

「よかった。じゃあ、内装を変えてもバレることはなさそうね」

またしてもリエーフとローラが揃って目を見開いた。

「座りっぱなしって、思っていた以上に疲れるのよ」

……マジで。

サスペンションは基本中の基本で付けてみただけなのよ。

理想はファーストクラスのフルフラットシート！

とにかく横になれるだけで違うはずだから。

「ローラ。少しだけ座席を変えたいから降りてくれる？」

「かしこまりました。ドアをお閉めいたしましょうか？」

リエーフが何を言うんだとローラを睨んだ。

え？　気になる？　これからやることを見たいの？

「別に開けたままでいいわよ。あなたの意見も聞きたいし」

「それではそのようにいたします」

ローラはもう自分を取り戻したみたいで、有能な侍女モードに戻っちゃった。

開け放たれたドアの前に、背筋を伸ばして立つローラの横に、ピョコッと並ぶリエーフが可愛い。

さてと。

まずは、ドアと反対側の壁にも座席を作って繋げ、コの字形にしてみた。

壁に沿って体を横たえてみると、微妙に足がつっかえる。

服のサイズを合わせたように、馬車を三十センチほど拡張した。

――いい。すごくいい。ああ、枕が欲しいわ。

「リエーフ。今すぐじゃなくていいから、綺麗な鳥の羽を見つけたら拾っておいてね」

リエーフは困惑した表情で、「かしこまりました？」と、若干、語尾を上げ気味に返事をした。

うん。わかんなくていいからお願いね。

あ、寝返りが打てないわ。もうちょっと幅も広げよう。これじゃあ診察台のベッドみたいだもん。いっそ馬車の半分くらいはベッドにしてしまおう。

うーん。飛行機じゃないけど、揺れに備えてベルトは必要かもね。後で木綿の布をローラにもらって、デニムのようなゴツいベルトを作ろう。

なかなかの出来に満足していると、ものすごい視線を感じた。まさに熱視線だわ。

横になったまま頭をドアの方に向けると、リエーフとローラがものすごく何かを言いたげに私をガン見していた。

まあまあ。

「あのね、ローラ。お行儀が悪いけど、時々はこんな風に横になろうと思うの。それであなたの座る場所だけど。あっ！　いいことを思いついたわ」

ローラだって足を伸ばしたいよね。私が横になっている時は、私の頭側の座席を動かして、ローラのオットマンにしてあげればいい。

――となると。

コの字形で繋がっていた座席を、ベッド部分と、二つのオットマン型の座席に分けた。オットマン座席は四隅の下に杭のようなものを付けて、床に開けた穴にはめて固定できるようにする。

ローラはきっと私の足元側に座るだろうから、そっちにオットマンを二つ連結できるように床の穴を調整した。

あぁ、ちょっと。オットマンの位置を変えようと思うとベッドが邪魔！　でも診察台ベッドに戻すのは嫌。仕方がないから馬車の横幅も二十センチほど拡張する。

うん。これで動けるね。

「見て、ローラ。このオットマンをこうして、こっち側に置くと、ローラも足を伸ばせるでしょ？　ほら、そんなに重くないから――」

「マルティーヌ様！　お止めください。私が自分で動かしますから！」

「あ？　そう？　じゃあ、やってみて」

ローラは馬車に乗り込むと、オットマンの脚を穴にはめたり外したりしながら、慎重に確認している。

何をしているの？　安全性の確認？

リエーフが、「あの」と、言いづらそうに口を開いた。

「……マルティーヌ様。馬車が大きくなったのもマルティーヌ様の魔法でしょうか？　さすがに御者も大きさが変わったことに気がつくと思うのですが」

おう！　やっぱり？

「一目でわかるほど大きくなったのかしら？」

すっとぼけてみた。

「それはもう。こんな魔法があるのですか？　マルティーヌ様は、何でも思いのままにできるのですか？」

ふふふ。リエーフもそう思う？　私はできると思う。

あぁ、でも――。

「多分、こんな魔法は知られていないと思うの。だから秘密にしてほしいのよ」

「マルティーヌ様……。私も少し心配になってきました。確かにこれほどの魔法を使えることが知られると、それこそ王家が国のために使うようにと何か言ってきそうで怖いです。とにかく領地に着いたら、すぐにレイモンさんに相談しましょう」

ローラ、脅かさないでね。でも、そ、それは、怖いね。

「わかったわ。じゃあ、馬車の大きさを変えるのは止めた方がいいかしら……」

私がしょぼくれてつぶやくと、リエーフが、「いえ。王都の貴族ならまだしも、平民に魔法に詳しい者はおりませんから」と、慰めてくれた。

「マルティーヌ様は土魔法の使い手と伺っております。拙い知識ですが、確か、土と木は相性がよかったはずです。ですので、馬車の車体を少しだけ大きくすることなど貴族には容易《たやす》いことだと言えば、平民は信じるでしょう。御者への説明は私にお任せください」

「本当？　よかった」

じゃあ、そういうことで。よろしくね、リエーフ。

「それでは悪いけれど、御者にはさりげなく説明してもらえるかしら？」

「かしこまりました、マルティーヌ様」

うん。リエーフもそんな風に笑うとイケメン度がアップするね。

じゃあ、問題が解決したところで、もうちょっとだけ追加しておこう。

飛行機のキャビンで思い出したんだけど、窓の上に荷物入れがあると便利だよね。あ、ついでにオットマンの中にも収納できるように、カパッと座面を外せるようにしよう。

「ふぅ」と一息ついて、自分の仕事ぶりに満足していると、リエーフに声をかけられた。

「マルティーヌ様の魔法は本当に素晴らしいですね。見ているだけでワクワクしてしまいます」

「ですが、マルティーヌ様。立て続けに魔法を使われていますが、お体の方は大丈夫ですか？　お疲れではありませんか？」

ローラの方がお姉さんだけあって、仕事を忘れていないね。気遣ってくれてありがとう。

「ええ、大丈夫よ。特に疲れは感じていないわ。多分、それほど魔力を使っていないのだと思うの」

「そうですか？　それでしたらよろしいのですが。お茶はいかがですか？」

「ありがとう。でも本当にまだ元気だから、そろそろ出発しないと。リエーフ。御者を連れ戻してくれる？　先を急ぎましょう」

リエーフは、「かしこまりました」と言うなり、駆け出して行った。

馬を連れて戻ってきた御者は、あらかじめリエーフから聞かされていたようで、大きくなった馬車を見ても大して驚いた様子は見せなかった。

そこからの移動は本当に快適だった。

二時間おきに休憩を取っては体を軽く動かしていたから、疲れが蓄積されていく感じがしなかった。これが若さというものかもしれないけれど。

快適な空間を確保できたので、二日という移動時間を、『領地の予習』という名のローラとのおしゃべりにあてることにした。


モンテンセン伯爵領は、国の南西に位置し国境に面している。

マルティーヌが知っているのは、それだけだった。

道中のローラの講義によると、我が領地は農業がメインだけど、森林もあって木材の加工もしているとのこと。牛も豚も鶏も山羊も羊もいるので、食料は豊富だと言う。これは本当に嬉しい。

「ようやくですね。あそこに見えるのがお屋敷です」

こっちが見えるということは、あっちからも見えるということ。

私はローラにも手伝ってもらって、急いで例のシックでオシャレな黄色いドレスに着替えた。

ローラは私がドレスを作っていたことにもファスナーにも驚いていたけれど、だんだんと驚き方が小さくなっている気がする。

カントリーハウスの前に馬車が止まりドアが開けられると、使用人たちがズラリと並んでいるのが見えた。

うっ、と息を詰まらせながらも、今こそアラサーの余裕を見せるときだと自分を鼓舞し、差し出されたリエーフの手を取る。

踏み台を降りると、レイモンが迎えてくれた。

知っている人間がいると、こんなにも心強いんだ……。

「お待ちしておりました、マルティーヌ様。お疲れでございましょう」

「いいえ、レイモン。あなたの方こそ少しは休めましたか？」

「お気遣いありがとうございます。どうか、そのようなことはお気になさいませんように」

え？　気になるよ？　私、上司として労務管理をする立場なんだもん。

「まずはお部屋にご案内いたします」

私が歩くと、次々と使用人たちが頭を下げていく。

なんかすごい。なんかすごい！

大きな屋敷の外観は歴史を感じさせる佇まいだけど、はっきり言えば少し古臭くて冷たい。

でも、石とレンガを組み合わせた優美な装飾は、さすが領主の館という感じだ。

それが屋敷の中に入るとイメージがガラリと変わった。

全体的に洒落た内装で、一部だけ壁紙のデザインを変えてアクセントを付けていたり、階段の手すりに凝った装飾を施していたりと、細部に至るまで気を配られていた。

……意外。洗練されているデザインなのに、温かみがあって居心地がよさそう。

私の部屋は二階の角部屋だった。私とレイモンの後をついてきたリエーフは、扉の外で待つみたい。

「……広い」

三十畳くらいありそうだけど、この部屋はリビングじゃなくてマスターベッドルーム。

部屋の奥に天蓋付きのベッドが置かれている。お子ちゃまには似つかわしくないキングサイズのベッドだ。

夫婦が語らい合うのにちょうどよそうなソファーとローテーブルに、ちょっとした仕事ができそうなデスクもあった。

「歴代の当主様が使用されていた部屋になります」

それでか。調度品がシックなんだよね。絶対に子ども部屋じゃないと思った。

「お部屋を整える時間がなかったため、シーツやベッドカバーくらいしか交換できませんでした。申し訳ございません。どうぞマルティーヌ様のお好きなように改装なさってください」

確かに。そこだけ白とピンクだわ。気を遣ってくれたのね。

「私、白もピンクも大好きよ」

「それは、ようございました」

「この部屋は、お父様が使っていらっしゃったままなのかしら？」

あの男の使っていたものを使うのはちょっと嫌かも。

「いえ。先代の旦那様は、当主になられてからは一度もいらっしゃっておりません。お小さい頃には何度かいらっしゃったことがあるのですが。この部屋は、先々代の旦那様がお使いになられていたままになっております」

あー。やっぱりそうなんだねー。領地のことは、本当にレイモンに丸投げしてたんだ……。煌びやかな王都で遊ぶだけの人生か。はー。絵に描いたような、ぐうたらなボンボンだったんだなー。

私が遠い目をしていると、ドアがノックされた。

「マルティーヌ様。お荷物を運び入れたいのですが、よろしいでしょうか？」

ローラの声で現実に戻った。今日からここが私の部屋になるんだ。

「いいわよ」

男性使用人を従えたローラが部屋に入ってきた。男性使用人は部屋の中に荷物を運び込むと、一礼して部屋を出ていった。

ローラが慣れた手つきでテキパキと荷物を片付け始める。

「ねえレイモン。みんなは――この屋敷で働いているみんなは、私みたいな子どもが――その、十二歳の女の子が領主になるって聞いて、不安に思ったりしていないかしら？」

レイモンは大きく首を横に振った。

「何をおっしゃいます。正当な主人をお迎えできることが、どれほど喜ばしいことか。皆、マルティーヌ様のお世話をできることを幸せに思っております。年齢などございません。幼くして当主になられる方は決して珍しくありません。他領では三歳で跡を継がれた方もいらっしゃいます。この屋敷は長い間、主人が不在でした。屋敷もろとも領地を見捨てられたように感じている者も少なくありません。それをマルティーヌ様は、取るものも取りあえず、真っ先に領地入りされたのです。これを喜ばない使用人がおりましょうか。先代の旦那様に対しては、正直、思うところがある者もおりましょうが、マルティーヌ様に対しては、より一層、忠誠心が増したことでございましょう」

いつの間にか片付けを終えたローラまでもが、うんうんと涙目でうなずいている。

ありがとう、レイモン。それもこれも、レイモンの教育の賜物でしょ？　主人を敬うよう、事ある毎《ごと》に言い聞かせていたんじゃないの？

「ありがとう、レイモン。本当にありがとう」

「ローラもありがとう」と言おうとしたら、ローラが必死に視線をレイモンへやっていた。

ええと。その目配せは、アレのことだよね？　今、ここで話せと？

ちょっと待って。まだ心の準備が出来ていないよ。

私があわあわと焦り始めたのを、優秀なレイモンが見逃すはずもなく。

「マルティーヌ様？　いかがなされました？」

もう、言うしかないんだね。

「あのね、レイモン。相談というか、知っておいてもらいたいことがあるのだけれど……」

「何でございましょう？」

あー。またなのね。

仕方がないので、カーテンにそっと触れる。

「私の魔法は土魔法って聞いているでしょう？　でもね、本当は違うの。お母様に秘密にするように言われていて……。『周囲からみくびられるくらいがいいのよ』って。でも、あなたには真実を知ってもらった上で、必要であれば懸案事項に対する処置を考えてもらいたいな、と」

そう言って、くすんだ緑色のカーテンを薄いベージュ色に変えてみせた。

「…………!!」

言葉を失ったレイモンが、カーテンの生地をひっくり返しながら、繁々《しげしげ》と見つめている。

「ええとね。私の魔法って、どうやら物の形や色を自由に変えられるみたいなの。すごく変わった魔法よね？」

「……マルティーヌ様」

ん？　その顔はどう判断したらいいの？　言葉もない感じなのはわかったけど、驚愕というより憐憫に近い？　ん？　あれ？　泣いちゃう？　なんか涙ぐんでない？

「マルティーヌ様。素晴らしい魔法だと思います。この上もなく素晴らしい魔法に違いありませんが、奥様のおっしゃる通りだと存じます。このような魔法、私は聞いたことがございません。私では判断いたしかねます。後見人となられる高位の貴族の方にお尋ねすべき事案ではないかと」

あー。やっぱりかー。つまり、後見人となった人に相談か。

「そうね。そうするわ」

「それでも私は嬉しゅうございます。このような立派なお力をお持ちの主人に仕えることができて、この上もなく幸せでございます」

感激してくれるのは嬉しいけど、泣かないでね？

「私もです、マルティーヌ様！」

ローラまでもが、なぜか負けじと力強く宣言した。

そんなローラにレイモンが釘を刺そうとしたので、私の方から白状した。

「あのね。ここに来るまでの間に、ローラとリエーフには話してあるの。もちろん秘密にするって約束してもらったわ。その、それと――」

馬車の中で横になっていたことは伏せて、少しだけ馬車を改造したことをレイモンに説明すると、

「是非、その馬車を拝見したい」と言われてしまった。

レイモンを先頭に、私、ローラ、リエーフと続く一行を、屋敷の使用人たちが何事かと手を止めて見てくる。やだ、恥ずかしい。

✦・✦・✦

馬車置き場へ行くと、数人の下男が馬車を囲んで何やら談議していた。

王都から来た家紋入りの馬車が珍しいのか、それとも規格外の大きさに驚いているのか。さあ、どっち?!

下男たちは私たちが近づく気配を感じ取ると、馬小屋の方へ逃げていった。

まあ、私でもそうする。

見るからに一回り大きな馬車に、レイモンが息を呑んだのがわかった。

そんなレイモンにリエーフが、「マルティーヌ様が大きな馬車を望まれたということで話は通しています」と口添えしてくれた。

サンキュー、リエーフ。聞いた人が、「そうか、特注なのか」と勝手に勘違いしてくれそうな言い方だね！

レイモンは、「よろしい」とだけ返事をして、ドアを開けた。

え？　中まで見るの？　そのまんまにしちゃってたよ……。バレバレじゃん。

私がちょっぴりへこんでいると、リエーフが声をかけてきた。腰に付けていた袋に手を入れて何かを取り出そうとしている。

「マルティーヌ様。羽を拾えとのことでしたが、この中からお選び頂けますか？」

うそ！　リエーフ！　いつの間に！

白と茶色と黒とあったら、やっぱり白を選んじゃう。でも茶色い羽もあったかそうだし。うん。

白い羽は枕に、茶色の羽は布団にしよう。

どれくらい増やせるかな。さすがに布団にするには一、二本じゃ足りないよね。

「じゃあ、これとこれをちょうだい。この羽ってどれくらい落ちているものなの？」

「いくらでもございますよ」

「そうなの？　じゃあ、手の空いているときでいいから、カゴ一つ分ほど集めてもらえるかしら？」

「かしこまりました」

これで羽毛布団と枕ができるわ！

うふっ。現金なもので、すっかり気分が良くなった。

見るだけ見て満足したのか、レイモンがやっと馬車から出てきた。

「面白い機能を追加されたのですね。半分以上をシートで覆われているのは、膝を突き合わせて密談をするためでしょうか？」

いや、違うよ。違うけれども。言えない。

「そうね。そういうことにも使えるわね」

レイモンが、ふむふむと勝手に納得してくれたので、よしとする。

「それより、マルティーヌ様。どうやら皆が集まってきたようですので、お屋敷に戻りましょう」

……皆？　みんなって？　なんで集まったの？

実はずっと気になっていたんだよね。

音がね、人が大勢集まっている雑踏のような喧騒が、この屋敷の裏のここまで聞こえてきていたんだよね。

あれ？　なんか人が集まっている？　っていう気配は感じていて。

でもレイモンの口ぶりだと、予定通りみたいな感じだし。

レイモンに先導される形で歩いて行くと、人の姿がちらほらと見えてきた。

……………………!!

カントリーハウスの前に、うじゃうじゃと人が集まっていた。え？　余裕で百人超えてない？

老若男女っていうんだっけ？　本当にいろんな人がいる。ほとんどの人が徒歩で来たみたいだけど、中には馬を連れている人もいる。

年齢も身なりも様々だけど、なんだかみんな興奮しているみたい。

「レイモンさん！」

「レイモン！」

レイモンの姿を見て、みんなが口々に声をかける。

あー。そっか。長いことレイモンがこの領地を仕切ってきたんだもんねぇ。

この人たちになんて挨拶したらいいんだろ？　こんにちは？　初めまして？

「おっと」

急にレイモンが立ち止まったものだから、ぼけっと歩いていた私は、もうちょっとでレイモンの背中にぶつかるところだった。

「……？」

視線が――。たくさんの目が私を見ている。どっちを向いても目。目。目。

人の目って、ものすごく怖い。

あ――れ？　しんと静まりかえっちゃった。

それどころか、密集していた人が左右に分かれて、エントランスポーチまでの道が綺麗にスーッと現れた。モーゼかよ。

これはつまり。私が誰なのか、ここにいる人たち全員が気づいたってことだよね？

とりあえずドレスに着替えておいてよかったー。危なかったー。

レイモンの背中だけを見て頑張って歩いた。

そしてエントランスポーチに着いて、よっこらしょと群衆の方を向くと、レイモンが私の後ろに下がった。

あ、ちょっと！　私が一歩前に出たみたいになってる！

「知らせを聞いて早速集まったのだな。そうだ。このお方が、領主になられたマルティーヌ様だ」

ぎゃあぁぁ。い、いきなりだね。

え？　何？　私、お披露目されてんの？

レイモンはよく通る声で、滔々《とうとう》と語った。

「本来であれば、領主の帰還を祝い宴席を設けるべきだが、先代の旦那様がお亡くなりになったばかりであり、また、今回のご帰還は一時的なものであるため、そのような宴を開く予定はない。それにマルティーヌ様は、つい先ほど長旅を終えられて到着されたばかりだ。領主としてのお勤めが王都に残っているため、こちらにも二日間しか滞在できない。これから一言だけお言葉を頂戴するので、今日のところはそれまでということで、皆、マルティーヌ様にご負担をかけぬよう速やかに解散してほしい」

え？　は？　レー、イー、モーン！　人はそれを無茶振りと言うのですよ。

領主として一言ご挨拶？　あれでしょ？　最初にする挨拶って、所信表明演説っていうやつじゃないの？

社長とか本部長とかが着任したときにやるやつ。あと、首相とかもね。

いやちょっと！　現状把握もできていないのに、長期展望も何もあったもんじゃない。せっかくなら三ヶ年計画とか、なんかそれらしいことを言いたいけれども！

まだ無理だからー！

あー。ＡＩとチャットしたいよー。

でももう、みんなの視線が痛くて時間稼ぎもできそうにないわ。

えーい！

「こんにちは、皆さん」

第一声が「こんにちは」で合ってた？　とにかく、精一杯、大きな声で挨拶しよう。今こそアラサーだった前世の経験を活かすときじゃない？

「後ろの方にいる人は、私の声しか聞こえていないでしょう。前の方にいる人には、私は小さくて頼りなく映っていることでしょう。私は十二歳になったばかりで、背も低く、経験もありません。正直に言うと、先代領主から次期領主としての教育も受けていません。ここに来るのも生まれて初めてのことです」

言葉を区切って周囲の反応を窺った。

みんな、真剣な表情で私の言葉に耳を傾けてくれている。

ありがたい。こんなお子ちゃまでも、『領主』として敬ってくれているんだ。

「先代の死去に伴い領主となった私ですが、その責任から逃げることなく――」

多分、ここ重要だよね。先代は逃げっぱなしだったんだもんね。

「領主としての重責を果たしたいと考えています。皆さんが望む領主がどういうものかはわかりませんが、私は、皆さんの暮らしが少しでも向上するよう、出来ることを惜しまずやっていくつもりです」

ちゃんと仕事をして、務めを果たすことを約束しておかないとね。

「今回は二日しか滞在できませんが、この領地のことを、ここで暮らす皆さんのことを、まずは知りたいと思いやって来ました。たった二日では、正直、ほとんどわからないと思います。ここにいるレイモンの作成した納税記録を読むのと変わらないかもしれません。それでも、わずかな時間でも、ほんの一部しか足を運べなくても、領主としての私の最初の一歩は、領地を歩くことだと思ったのです」

……あ。なんか自分で言ってて感情がこみ上げてくる。

毅然としていなくっちゃ。

「モンテンセン伯爵領で暮らす皆さんは、我が領地の血であり肉です。領地が健やかであるためには、温かい血が通い、健康な肉がついている必要があります。どうか皆さん、自分と家族の健康を第一に考えてください。あなた方が健康で幸せな生活を送ることが、ひいては我が領地の安寧と発展につながるのです」

ちょっと言い過ぎ？　クサいセリフだよね。

「今はまだ、理念しか伝えることができないことを私自身、不甲斐なく思います。今後は、高位貴族の後見もいただく予定ですので、私自身、領主として成長し、我が領地の発展に尽力することを約束します。私からは以上です。どうもありがとう」

妙な間が空いた。失敗だった？

チラッと後ろを見ると、なんと、レイモンが手で目を覆っていた。もしかして泣いている？

——パチ。パチ。パチ。

少しずつ拍手してくれる人が増えていき、その音がだんだんと大きくなった。

みんな顔をくしゃくしゃにして拍手してくれている！

すごい歓声に包まれている……。みんなが私の名前を呼んでいる……。

聴衆の中にも何人か涙を拭っている人がいる。

なんだろう……？

面倒臭いことからは逃げたいって思っていたのに、何だか無性に頑張りたくなった。

この調子に乗りやすい性格は、異世界に来ても全然直らないみたい。

一仕事終えて屋敷に入ると、身体中の力が抜けそうになった。

「……はぁ。ちょっと甘いものを食べて横になってくるわ」

「は？」

「冗談よ」

いいの、レイモン。放っておいて。

あぁ、もう。安心した途端に心の声が漏れちゃった。

まぁどうせ甘いものなんてないしね。

あの街歩きで買ったクッキーはひどかった。

砂糖をジャリジャリ口にしているみたいで、ペッて吐き出したくなったもんね。

高級な砂糖を惜しげもなく使用していることが、イコール高級品という定義だったとは。

そういえば、幼い頃の子ども茶会のお菓子もそうだったかも。私、砂糖を舐めているみたいで好きじゃなかった。

「マルティーヌ様。お疲れでしょうから、ひとまずお茶をお淹れしますね。何か甘い物がないかケイトに聞いてみます」

「ありがとう、ローラ」

ローラには疲れているように見えたのかな。

「それでは応接室でいただかれてはどうでしょう。今回のご訪問では、よくお使いになる部屋だけをご案内いたします」

「そうね」

レイモンがそう言うと、ローラも承知したというようにレイモンを見てから背を向けた。

ご訪問か……。私って、まだ来客みたいなもんなんだよね。

ここを我が家だと思える日が早く来るといいなぁ。

応接室に入ると、ちょっと感激して、「わぁ」と声が漏れてしまった。

内装のデザインを依頼した業者？　は大当たりだったね。

応接室は白とベージュを基調にした明るい部屋で、調度品は重すぎず、漆器や陶器に交じって色ガラスの装飾品なども置かれていた。

「どうぞマルティーヌ様のお好きなものをお飾りください」

「あら。私は素敵だな、と思って見ていたのよ？」

まあ確かにちょっとだけ地味だなとも思ったけど。

それにしても、ローラもレイモンも私の考えていることを読みすぎだわ。

ちょっとくらい放っておいてくれてもいいのに。

ローラが持ってきてくれた紅茶は、フローラルな香りのものだった。

この二日間、彼女には幾度となくお茶を淹れてもらったけど、毎回、味も香りも異なっていた。

これは結構好きかも。

「お口に合ったようで、よかったです」

「……？」

どういうこと？

「お気に召さないときは、いつもミルクをたっぷり入れられていましたから」

バレてた……。そうなの。フレーバーって好みが分かれるよね。

あ、イマイチかも、と思ったら、ミルクティーにしちゃえば、とりあえず気にせず飲めるから
……。

繊細と見せかけて結局は大雑把な私。

あれ？　もしかしてローラ――。色々な種類の紅茶を出してくれたのは、私の好みを探るため？

侍女ってそんな苦労をしないといけないの？　今度からちゃんと感想を言うね。

「これはマルティーヌ様をお迎えするにあたり、ケイトが、カントリーハウスの料理人が焼いた物です。マルティーヌ様は甘いお菓子はお好みではないようでしたので、控えめな味にしてもらいました。どうぞお確かめください」

甘いお菓子は大好物なんだけど。甘過ぎるのが苦手なのよー。

でも、ま。砂糖ジャリジャリじゃないようだし。

ゴーフルのように薄く焼いた物を一口食べてみた。

「美味しい」

小麦粉と卵と砂糖とバターかな？　うーん、砂糖とバターはほんのちょっぴりしか入っていないかも？　とにかく普通のお菓子の原型みたいな感じ。

うん。砂糖をまぶしたような王都のお菓子よりも、全然こっちの方がいい。

「ねえ、レイモン。そのケイトっていう人が、ここの料理人なのね？」

「はい、マルティーヌ様」

「私、ケイトのこと気に入ったわ」

「それは、ようございました」

「この後の夕食も楽しみだわ」

「ご要望があれば伝えますが？」

「いいえ。まずはケイトがいつも作っている料理を食べてみたいわ」

「かしこまりました。それではケイトに任せることにいたしましょう」

何を作ってくれるのかな？　あー、ちょっと楽しみだわ。

「マルティーヌ様。夕食までまだ少し時間がございますので、明日からの視察についてご相談させていただきたいのですが、よろしいでしょうか」

おう！　そのために来たんだもんね。

「二日間の視察日程を組んでみました。コホン。明日の午前中ですが、まずは領地の主たる商品である小麦の畑を、午後は小麦に次いで出荷量の多いジャガイモとカボチャの畑をご覧に入れたいと考えております。明後日は農業以外を見ていただきたく、森林の管理状況や木材加工、それに畜産関連を予定しております」

いいね！　なんか楽しそう。子どもの頃に行った工場見学を思い出すよ。

本当に明日と明後日の丸々二日視察になるんだね。戻るのは明々後日《しあさって》か。レイモンのことだから、もう宿の手配も抜かりなく済ませているんだろうな。

本当に有能な人。現代の日本に生まれていたら、社長秘書として出世したんじゃないかな。

「ありがとう、レイモン。楽しみだわ」

とっても楽しみなので、寝不足なんてことにならないよう、気合を入れて休むことにした。

ちなみに夕食は、ジャガイモのチーズグラタン（のようなもの）と塩、胡椒したチキンのソテーだった。チキンは塩加減がいい感じで美味しくいただいた。

つけ合わせが蒸し野菜だったので、もしかしたらローラが作っていたのはケイト直伝のものだったのかもしれない。

✦・✦・✦

モンテンセン伯爵領は、苺の形に似た国土の中で、先端近くの左側――最南端に近い西側にちょこんとある感じだ。

ちなみに、最初の一口目のカプっに当たる最南端部分がフランクール公爵領。広さ的には、うちの四、五倍は優にあるはず。

そのフランクール公爵領に隣接した北側が王都だ。

モンテンセン伯爵家のカントリーハウスは、領地の中央ではなく西の国境近くの小高い丘の上にあった。

お金持ちは高いところに住むっていうもんね。というのは冗談にしても、やっぱり眼下に領地を一望したかったのかな？

などということを考えながら、今、例の改造馬車に揺られている。

レイモンとローラは渋い顔をしていたけど、「王都の石畳の道じゃなくて土の上を歩くから！」と主張して、パンツスタイルを許してもらった。

まぁ、最後はとっておきの上目遣いでレイモンにお願いしたんだけど。

着替え終えた私を見てレイモンがピクッと反応したので、慌てて、「これは乗馬服を少し改良したものなの」と言い張った。

ここは譲れないと、お腹に力を入れてグッと睨んだら、彼は頭に疑問符を浮かべながら何も言わず黙って見返してきた。

こう着状態は、レイモンの、「はぁ」というため息で終結した。つまり私の勝利。

とまあ、そんなこんなで、レイモンの脳内にある視察のしおりに従って、領地の南側に広がっている穀倉地帯へと馬車を走らせている。

いくら狭い領地と言っても数十キロ四方は余裕であるみたいで、馬車での移動も結構時間がかかる。

家紋入りの――というよりも、見慣れた荷馬車や幌つきの馬車とは比べ物にならないくらい大きな馬車が通るので、ずいぶん先の方にいる領民たちからも凝視された。

格好いい制服を着た美丈夫のリエーフが先導しているせいもあるかもね。遠目からもイケメンはわかるものだし。

お手振りとかした方がいいのかな？　いやいや、国王陛下じゃないんだから。それにそんなことをしていると、本当に、「領主になって浮かれた子どもが興味本位で見にきた」くらいに思われちゃう。

違うもんね。しっかり現状把握をしに来たんだからね。

一応、馬車の中では上品な微笑みを浮かべていることにした。そしたら領民たちの方が手を振ってくれた！　嬉しい!!

✦・✦・✦

「マルティーヌ様。そろそろ見えてまいります」

斜向《はすむ》かいに座っているレイモンが教えてくれた。

私の隣で畏まっていたローラも、その言葉に釣られるように窓の外へ視線をやる。

「既に収穫の時期を迎えておりますので、あのように刈り取りが終わった畑もあります」

……あら？

レイモンの表情が緩んでいるのは、小麦の生育が順調で無事に収穫できたことを喜んでいるからなのかな？

そうだよねぇ。代行ってつくけど、ほぼ領主として切り盛りしてきたんだものね。

あぁ。私はまだ自覚が足りていないな。

あ――れ？

なんだかこの景色、見たことあるかも……？

「この長閑《のどか》な風景……」

いや、そういうことが言いたいんじゃなくて。

「もしや、お気づきになられましたか？」

ん？　ん？

「あっ！　もしかして、私の部屋に飾られていた大きな絵の……？」

そう。あの部屋にはゴテゴテした調度品などはなくて、ものすごくスッキリした設《しつら》えだったんだけど、一点だけ大きな絵画が飾られていたから覚えていたんだよね。

ミレーの落穂拾《おちぼひろ》いから、腰をかがめて拾っている人たちを消したような雰囲気の絵だった。なんというか、題材とか色使いとかがね。

黄色い小麦の穂が揺れているところもミレーの絵とは全然違うんだけど。

「あの絵は、この領地の象徴なのね」

「はい」

レイモンに、とっても満足そうな顔で返事をされてしまった。

やだ、私。

今、彼の中で株を上げたかも。

馬車は、一面に広がる小麦畑の中にポツンとある屋敷の前で止まった。

家人だろうか、数人が並んで私たちの到着を待っていた。

馬車が止まると、彼らに緊張が走った。

パンツ姿のせいで、つい飛び降りたくなる自分を抑えて、優雅に踏み台を使って馬車を降りた。

家長らしき壮年の男性が一歩前に出ると、家令の顔のレイモンが口を開いた。

「マルティーヌ様。この辺り一帯の小麦畑を管轄している者をご紹介いたします」

「お初にお目にかかります。モーリスと申します。ようこそおいでくださいました」

モーリスがこざっぱりした格好をしているのは私に挨拶をするためかもしれないけど、それでも全体の雰囲気が農民というよりもビジネスマンっぽい。大規模農家のトップだからかな？

「こんにちは、モーリス。忙しい中、悪いわね」

「何をおっしゃいます！　ご覧の通り人手は足りておりますので、どうかお気になさらず。それにしても、わざわざ領主様に足を運んでいただけるとは……。我が家だけでなく小作人たちも喜んでおります」

え？　そうなの？

モーリスの家族らしき面々は、彼が何か言うたびに感極まった様子でうなずいたり頭を下げたりしていたけど。

遠くで作業している人々の方を向くと、私たちのことを遠目に見ていたらしく、手を止めてお辞儀をされた。

みんな笑っているようだけど、私の来訪を喜んでくれているのかな？

感激しているモーリスの代わりにレイモンが教えてくれた。

「先々代の領主様は、収穫の時期になると、よく畑を見にいらっしゃったのです」

「お祖父様が？」

モーリスが大きくうなずいた。

「ええ。ええ。さようでございます。麦の穂の色を黄金に例えられて、『美しい色だ』と目を細めてご覧になっていらっしゃいました」

懐かしそうに言うモーリスは破顔している。

「実りが悪いときですら、『これで冬を越せるな』とおっしゃってくださって。頭の中では足りない分の食料を手配する算段をお考えだったんでしょうけど。そんな年は税も一部翌年に回してくださいました。どんなに手を尽くしても天気だけはどうにもなりませんから。ですが、普通はそんな言い訳に聞く耳を持たれる領主様はいらっしゃいません。私どもは、作物の出来について先々代からお叱りを受けたことは一度もないのです」

あはは。まいった。

これはまた、すごいエピソードを聞いちゃった。お祖父様って何気に賢王、じゃなくて賢領主？だったんだ。

うわぁ。ハードルが上がったわぁ。

それに、ちょこちょこ『先々代は』っていうの、これ、遠回しに『先代』はそうじゃなかったって言っているよね？

……レイモン。

何も言わずにニコニコといい笑顔だけど、もしかして作為的に先々代の信奉者を選んだんじゃないよね？　私にもそうなってほしいからとか、そういうつもりじゃないよね？

「……十五年になります」

呟くように言ったモーリスの声は少し震えていた。

「は？」

「先々代がお亡くなりになって十五年間。時が止まっておりました」

「え？」

ちょ、ちょっと待って、モーリス。何、その顔？　急にスイッチ入った？　何を言うつもり？

「昨日の領主様のお言葉……。感動いたしました。あそこにいた者は皆、領主様の決意を聞いて打ち震えておりました。この私もです！　先々代のお血を引かれる領主様をお迎えでき、本当に幸せです！　ついに、止まっていた時間が動き出したのです！」

あーれー。助けてー。私、やっちまったのかもー。

動き出すって何ぃ？　どこへ向かってぇ？

レイモンが目頭を押さえている……は？

え？　ちょっと。グズって聞こえたから何かと思ったら、ローラが鼻をすする音だった。なんで感極まってんの!?

あら。リエーフだけはちゃんと職務を全う中だ。無表情で時折周囲に気を配っている。

駄目だ。とにかく話題を変えよう。そして可及的速やかに次の現場に向かおう！

「私はまだ右も左もわからない子どもです。ご期待いただけるのは嬉しいのですが、あくまでも理想？　というか展望？　をお話しさせてもらっただけです。とにかく、行動に裏打ちされたものは今はまだ何一つない訳で……。その……」

あぁどうしよう。興奮気味だったモーリスの顔が萎んでいくよ。それはそれで傷付いちゃうんだけど。

「あの。とにかく、一歩ずつ、領主として勉強しながら、この地で何ができるか考えたいと思っているのです。ですので、詳細は後日伺うとして、とりあえず、皆さんだけでは解決できないような問題や、改善してほしいことや物があれば、教えていただけないかしら」

そう。日本が誇る『カイゼン』だよ。

「問題点や改善点ですか。あの……領主様がこれからどうなさりたいのか、そのお考えを聞いてからではなくて、ですか？」

「ええ。その……。放ったらかしにしてしまった十五年の間に、領主として支援出来なかったことを少しずつやっていきたいの。私は農業を知らないので率直な意見を聞きたいわ」

モーリスとしては、何なりとお申し付けくださいって感じだったのかな？

でも十五年あったら、品種改良とか農地の整備や拡大とか、本当に色々出来たんじゃないかなぁ。

「そういうことでしたら。やはり、一番は水でしょうか」

「水ですか？」

「はい。一番厄介なのは干ばつです。この辺りは近くに川がありませんから余計に。雨が降らないとお手上げなのです」

なるほど。

「ちなみに、他領ではどのような対策をしているか、お話を耳にしたことはあるかしら？」

いろんな領地を行き来する商人とかから、「あそこの○○は××だとさ」みたいな話って、広がるもんじゃない？　特に自分の気になっている話題って耳に入るよね？

「はい。さすがでございますね。その土地の特徴にもよるらしいのですが、池を作って水を引いたという話を聞いたことがあります」

溜め池かぁ。

「なるほど。雨水を蓄えておくのね。私の方でも考えてみるわ」

「ありがとうございます！」

「あ、あと。私のことはマルティーヌと呼んでほしいの」

モーリスはレイモンが小さくうなずくのを見てから、「かしこまりました、マルティーヌ様」と微笑んだ。

会話が一区切りつき、ふと、足元にほとんど影がないことに気がついた。どうやら太陽が真上に来たらしい。

あれ？　今日のお昼は？　このモーリス一家と昼食会なの？　それは勘弁してほしいと顔に出そうになり、何とかおすまし顔を作っていると、「そろそろ参りましょう」とレイモンに促された。どうやら次の目的地が遠いらしく、時間短縮のため馬車の中で軽食を取るのだと言われた。もう心底ホッとした。

崇め奉られるのかと思ったよ。

午後の予定は野菜畑の視察だ。

馬車の窓から見える景色が、小麦から野菜へと移り変わっていく。川を渡ると一気に、見事に緑一色になった。

川かぁ。帰ったら、うちの領地の地図をもう一度よく見ておこう。レイモンに聞けば、水不足を心配するエリアを教えてくれるはず。

川の水源は遠くに見える山林かな。林業は明日のコースだ。

前世の母が作っていた家庭菜園のジャガイモとカボチャは見たことがあるけど、やっぱり本格的な畑は違う。圧巻の一言。

そうだよね。何百人、何千人っていう人のお腹を満たさなきゃいけないんだもの。

さっきもだけど、思わず、「ありがとう」って、手を合わせちゃいそうになる。

今度は道端に初老の男性が一人立っていた。

私たちの馬車が見えたところからお辞儀をしている！　腰は大丈夫なの？

「リエーフ！」

窓を開けて呼んだときにはもう、彼は馬車と並行するように走っていた。

え？　私が窓に手をかけたのがわかったの？　空気の揺らぎを感じ取れるとか？　出来すぎる護衛が怖い……。

「なんでしょうか」

「あそこで待っている方に頭を上げるように言ってちょうだい。私が到着するまであの姿勢だと体に負担がかかるわ」

それを聞いたレイモンも、「そうですね。他に人影も見えませんし大丈夫でしょう」と、リエーフが馬車から離れて先行することを許可してくれた。

落ち着いた表情を貼り付けながら急いで馬車を降りると、老人はホックホクの笑顔で迎えてくれた。

「領主様。この辺りの畑の世話をしておりますマシューと申します。こんな年寄りのことを気遣っていただき、本当に感謝の念に堪えません」

「マシュー。私のことは色々と聞いているでしょう？　この通りまだ子どもで領地のことを何も知らないの。しばらくは色々と教えを乞うことになると思うわ。どうかよろしくね。私のことはマルティーヌと呼んでちょうだい」

「は？　――はい。マルティーヌ様」

マシューは横目でレイモンの顔色を見てから、「はい」って言った。うん。レイモンがいいって言うか気になるよね。まあ、わかるけど。

「それで。今年の出来はいかが？」

「はい。ご覧の通り豊作です。ジャガイモもよく育ちました。カボチャももう少ししたら山ほど穫れるでしょう。お屋敷の方にも週に一度、納めさせていただいております」

おう？　そうなんだ。そういえば昨晩は輪切りにしたジャガイモのグラタンもどきが出てきたっけ……。

「そうなのね。ありがとう。昨日はジャガイモを美味しくいただいたわ」

マシューは子どもみたいに目をキラキラさせた。ウルウルじゃなくてよかった。

「そうでしたか！　ちょうど今日はお納めする日ですので、今頃お屋敷にお入れしている頃だと思います。領主さ、マルティーヌ様に喜んでいただけて何よりです。育てた甲斐があります」

あぁ。マシューも最後はやっぱりウルッときちゃったみたい。

どうしよう。馬車で駆けつけて、「こんにちは」って言っただけなのに。

「ええと。ジャガイモとカボチャの他に葉物野菜なども作っているのかしら？」

「はい。といっても私のところで作っているのはキャベツくらいですが。それ以外の野菜は主に自家用でして。出荷しているのは別のところになります」

「そう。では他の方々のところではキャベツ以外の葉物野菜を作って出荷しているのね」

「はい。りょう、マルティーヌ様のお好きなものをおっしゃって下されば、大抵の野菜はお屋敷に届けられます」

お！　横のつながりもあるということかな。

「あなたが代表というか、顔役なのかしら？」

「はい。この辺りで何かあった場合に、レイモンさんにお知らせする役を仰せつかっています」

レイモン！　さすがだね。そういう組織作りをちゃんとしているんだね。

とりあえず、これで小麦協会と野菜協会の会長さんとは顔つなぎできた訳ね。

「ねえ。トマトを作っている人はいるかしら？」

「……？　あの酸っぱいやつですか？」

「酸っぱ――？　ええと、私の拳くらいの赤い実なんだけど」

あ、そういえば昔のトマトは酸っぱかったって聞いたことがある。

「昔、誰かが試したことがあったと思いますが。ですが結局、作付けはしないで終わったはずです」

自信なさげにそう答えたマシューは、レイモンをチラチラと見て助けを求めた。

「はい。若い者は新しい物を作りたがるので試しに作ったようですが、買い手がつかないため断念したと記憶しております」

うぉぉぉ！　トマトだよ!?

あれ？　トマトの原産地ってどこだっけ？　この国の気候じゃ育たないのかな？

そういえばトマトって歴史が浅かったような……。長い間、食べようと思わなかったんだっけ？

ここは、声を大にして言っておこう。

「私も新しい物に興味があります。もう一度トマトを作ってもらえませんか？　あ、もちろん買い取りを保証します。出来如何《いかん》にかかわらず全量を買い取りますから」

「……へ？」

　ポカンと口を開けて驚いているマシューに、更に私が畳み掛けようとしたら、「オホン！」とレイモンがわざとらしく咳払いした。ムムム！

「マルティーヌ様。突然そのようなご指示をなさるのは、さすがにいかがなものかと。今回は現状把握のための視察のはずですが？」

　そうだけど。そうなんだけど！　植えどきを逃したらどうするの！

「レイモン。そういえばお金周りの話をまだしていなかったわね。私に関する予算を減らしてもらっていいから、とにかくトマトを作ってもらいたいの。ああ、何も畑ひとつ分なんて言わないわ。畑の隅っこの方にほんの少しだけ、それこそ実験的に植えてもらうだけでいいのよ」

　それなら大した売上じゃないでしょ？　マシューだけを優遇というか特別扱いしたとは思われないはず。

「ですが――」

　難しい表情のレイモンがなおも窘《たしな》めようとしたのを、「お任せください！」とマシューが遮った。

「お安いご用です。トマトというものにご興味がおありなのですね。それでしたら、りょ、マルティーヌ様に現物をご覧いただけるようご用意いたします」

「ありがとう」

うん。「領主様」って言いそうになるのが、「りょ」まで短くなったみたい。後少しだね。マシューってノリがよさそうだから、私に慣れてくれたら話しやすそう。

おっと！　うわぁ。レイモンが冷気を発している。そんなにまずかったかな。

話題を変えよう。そう、こういうときは話題を変えるに限る。

「ええと。皆さんにお尋ねしているのだけれど。皆さんだけでは解決できないような問題や、改善してほしいことがあれば、教えていただけないかしら」

この辺りは比較的、川が近い。余程日照りが続かない限り、水不足は心配いらなさそうだけど。

「そうですねぇ。ここのところ、これといって問題などはありませんが――」

そう言いながらマシューは私の表情を精一杯読み取ろうとしている。

あー。サービス精神が旺盛なんだな、この老人は。私が聞きたそうにしていると思って、一生懸命、問題点を探しているんだ。

「二十年ほど前になりますが、長雨が続いて川が氾濫したことがあります。あのときは死者も出てずいぶんな被害が――あ、ええと。いえ、まあ。十年とか二十年に一度のことですから。それに、こればっかりはどうにもならないことです」

途中で話をやめたのは私の表情が曇ったせい？　子どもに聞かせるような話じゃないと思ったんだね。

でも、そうか。水害か。川の氾濫って怖いよね。前世でも堤防が決壊して人的被害を出したことがある。

でも何も出来ないってことはないはず。せめて川底を掘り下げて土手を築くとか。対策は立てられる。

うん。これは、やることリストに載せておこう。

「ありがとう。今すぐに何か出来る訳ではないけれど、頭に入れておくわ」

「ありがとうございます。そう言っていただけるだけで心強いです。本当に先々代と話をしているようです。皆が言っていた通りです。私は昨日ありがたいお言葉を聞けなかったのですが、本当だったんですね。りょ、マルティーヌ様が、マルティーヌ様が私たちのことを。うぅっ」

ちょっ、ちょっと。泣かないで！

ありがたいお言葉って、あの所信表明演説もどきのことを言っているの?!　うげっ。どこまでどう広まってんの?!

あーもう絶対、ローラは激しく同意しますとばかりに、うんうんと首を縦に振っているんだろうな。見なくてもわかるよ。

リエーフがいつも通りなのが救いだわ。でも、リエーフが年相応に感情を発露させているところも、ちょっと見てみたいかも。

結局、レイモンがマシューの肩を叩いたところで強制終了となった。

✦・✦・✦

カントリーハウスに帰ってきた私は、レイモンやローラの制止を振り切って厨房に駆け込んだ。

だって、運び込まれているという野菜が気になるんだもの。

今日の納品分だというジャガイモは、呼び名は違うかもしれないけど見た目からメイクイーンだ。

タウンハウスの厨房にあったのもメイクイーンだった。この国でジャガイモといえばメイクイーンなのかも。

私が心の中で、「うほっ」と言いながら野菜や肉を見ていると、いたずらっ子を「コラッ」とフライパンで叩きそうな女性が近づいてきた。

あーこれは、己のテリトリーを侵したやつに制裁を加える気まんまんだーと思っていたら、「お初にお目にかかります」と、丁寧に挨拶をされた。

「料理人のケイトでございます。マルティーヌ様にご挨拶させていただく機会をいただけまして大変嬉しく存じます」

「まあ」

鉄拳制裁ではなく挨拶されたことに驚いたんだけど、ケイトは急に声をかけて驚かせたと思ったらしい。

「驚かせてしまったことをお詫びいたします」

「あら、いいのよ。私もあなたに会いたかったの。タウンハウスで料理人を雇ったことは聞いているかしら?」

「はい。一緒に働ける日を楽しみにしております」

「そう。カントリーハウスのやり方を教えてあげてね。それはそうと、あなたの味付けは私の好みにぴったりだったわ。誰かに聞いたのかしら？」

「はい。レイモンさんやローラに聞いております。お口にあったようで何よりでございます。マルティーヌ様のお好きな料理をお出ししたいので、ご希望があれば何なりとお申し付けくださいませ」

おぉぉ。私《食べる人》のことをちゃんと調べてくれたんだ。

「ありがとう。でもしばらくは、あなたの得意な料理を食べたいわ。領地の新鮮な素材を定番の調理法で料理してほしいの」

「かしこまりました。それでは代々伝えられている料理をお出しいたしますね。また是非、感想をお聞かせください」

「うふふ。ええ、喜んで」

嬉しい。食べる人の好みに合わせて柔軟に対応してくれる人だ。

ケイトは当たりだな。そう思うと、なんだかお腹が減ってきたので、夕食の時間を早めてもらうことにした。

✦・✦・✦

もちろん彼女は、ドンと来いとお腹を叩い――たりはしなかったけど、慌てる様子もなく、それこそドンと構えていた。

視察二日目は、森林の管理と畜産についてだ。

明日は王都に向けて早朝に出発するため、疲れを残さないよう、今日の行程は前世風に言うと、『下車せず車窓にて観光』となるらしい。

カントリーハウスを出て一時間もしないうちに森林が見えてきた。西の端、つまり国境だ。

「ねえ、レイモン。森が国境といっても、森の中のどこまでなのか目印でもついているの？」

レイモンが「ふっ」と柔らかい笑みを浮かべた。これは私のことを、「子どもだなぁ」と思っているときの顔だ。

「森は、その全貌を把握することが困難なほど広大です。印のような明確なものはございません。森を抜けた向こうが隣国と覚えておかれたらよろしいです」

明確な国境ラインがない。そういう考え方って、やっぱりまだまだ慣れないな。

「隣国へと続く道はきちんと整備されてはいませんが、それでも街道と呼べるものがあります。そこを通らずに森の中を徒歩で歩けば、いったい何日かかるかわかりません」

「それって、森の中を歩いて隣国へ行った人などいないいってことね」

「はい。そのような無謀な者はおりません」

まあ、それだけ大きな森なら、少しくらい伐採したところで領土侵犯にはならないだろうからよかった。

馬車が森から離れていく。え？　もう？　と思わずレイモンを凝視してしまった。

「何かございましたか？」

「ん？　あー、レイモンはあの森に入ったことはあるの？」

「いえ。さすがに中までは。近くに住む者たちは慣れているので、子どもなども森で遊ぶようなことを言っておりましたが。マルティーヌ様が歩けるような歩道は整備しておりませんので、中に入られるのは難しいかと。せいぜい切り倒した木を搬出する道くらいしかございません」

えー。勿体無《もったいな》い。森林浴とかできそうなのに。夏の避暑に森って素敵だけどなぁ。

まあこれも後で考えよう。

「確か、木材の加工もしているのよね？」

「はい。住宅用の建材や薪にする加工場が近くにあります。ご興味がおありでしたら次回ご案内いたします」

「そうね。こっちに引っ越したら行ってみたいわ」

「かしこまりました」

森を後にしてすぐに、なだらかな勾配を感じた。平地から高地へと上って行っている。

着いた先は高原というほど高地じゃないけど、なだらかな牧草地帯だった。牛が点々といる風景はのどかで、見ているだけで穏やかな気持ちになる。

「もしかして、あの大きな建物で乳製品を作っているの？」

「はい。ミルクとチーズを。冬場は王都にも出荷しております。ご興味がおありでしたらご覧に
——試食なさいますか？」

私のガン見に耐えかねたレイモンが、『下車にて観光』に変更してくれた。

「もちろんよ！」

見たい！　食べたい！

レイモンがノックして御者に行き先を告げた。

もちろん前世でもチーズを試食したことはあるけど、工場で出来立てを試食するのは初めて。

あーもう。ソフトクリームがないのが残念だわ。観光地で見つけたソフトクリームは必ず食べる主義の私としては本当に無念。

✦・✦・✦

「りょ、領主様。こ、こ、このようなところへお越しいただけるとは、きょー恐悦、し、至極に存じます」

私、吊り目の悪役令嬢じゃないのに、作業着を着た丸っこいおじさんに恐れられている……。

ここは、お子ちゃまらしく、あざと可愛い仕草でご機嫌を伺うべき？

「そのように緊張する必要はない。マルティーヌ様は普通に接して大丈夫な方だ」

サンキュー、レイモン。

そうそう。ざっくばらんとはいかないと思うけど、普通でいいよ。

おじさんは、「え？　本当に？　ちっこくても領主様だよな？」と、おそらく一言一句そのまま顔に書いてある。

「ええ。マルティーヌと呼んでちょうだい。先ぶれもなく突然お邪魔して悪いわね。それで早速だけど」

本当にとってつけたような挨拶の後、早速なんだけど。

「こちらで製造しているチーズを試食させてもらえるかしら？」

ふふふ。疑問形だけど命令っていうやつ。

「りょうし、あ、ま、マルティーヌ様？　ええっと。――――はい」

またなんだね。お約束の、レイモンの顔色による了承確認。いいけど。

ここでは結構な種類のチーズを製造しているらしい。興味はあるけど製造ラインの視察はまた今度ということで、今は実食あるのみ！

それでも途中で発酵中の棚にある丸いスポンジケーキみたいなチーズを見たときは、思わず「おー」と令嬢らしくない声を漏らしてしまった。テレビで見たことあるやつだったから。

すかさずレイモンとローラがキリッと視線で武装したから、おじさんはビビって何も言えなかった。

リエーフが真顔で平常運転なのは、私に危険が及ばないとわかっているからだよね。

食堂のようなところへ通され、私一人だけがテーブルに着席させられた。まあ、そうなりますよね。

「お、お口に合いますとよいのですが……」

カチコチに緊張したおじさんが、私の前にレストランで出されるような洒落たチーズボードを置いてくれた。

チーズボードには四種類のチーズが載せられている。

どうやら子ども向けに癖のないクリーミーなものをチョイスしてくれたらしい。青カビ系はない。私も苦手だから助かった。試食を頼んでおきながら手をつけないってひどいもんね。

よし、実食——と思ったら、ローラが、「失礼致します」と、全種類の毒味を始めた。

え？　そういうものなの？　ここはさも当然という振る舞いが正解？

ローラが問題ございませんという風にうなずいたので、ようやく私も口に運ぶ。

うっそ。濃ゆ！　美味しい！　えー、これって素《もと》となる乳がいいってこと？　何にしても美味しい。

どうしよう……。うっかり昼時にお腹に入れちゃったから、余計に食べたくなってしまった。

いいかな？　言っちゃってもいいかな？

「ご主人」

「ひゃっ、は、はいっ」

「皆さんは、温めてトロトロとした状態のチーズを食べたりするのかしら？」

「へ？　あ、はいっ。します」

「それは頻繁に？　それとも特別なときだけ？」

「ええっ？　あ、えーとまあ。そうですね。たまに集まったときですかね」

「そう」

「はい」

「ふーん」

もー。皆まで言わせる気？

レイモンとローラは気づいているみたいだけど、口添えするつもりはないのね。あーそうですか。

「今、私が食べたいと言ったら、用意してもらえるのかしら？」

「は？　え？　………………」

こらこら。レイモンの表情がイエスなのかノーなのか読み取れないからって、返事をしないのは駄目でしょ。

「ねえ。厨房を見せてもらえるかしら？」

「へ？」

「厨房。あるわよね？」

「はい。あります、ございますっ」

「そのとろけるチーズを見たいの。参りましょう」

「ふぇっ」

たーべーたーいーのー!!

一応、お行儀よく椅子から立ち上がり、ご主人に目で合図した。ご主人は、「ほえ？」と固まったまま動こうとしない。

「厨房に案内してちょうだい」

「は？」

「マルティーヌ様！」

「マルティーヌ様？」

諫めるような口調のレイモンと、マジで？　と言いたげなローラ。

「心配しないで、レイモン。見るだけよ。何かあればローラに手伝ってもらうから」

ローラまでレイモンの顔色窺いをしている。

でも、ここは絶対に引けないよ。

今、私の中じゃ、トロトロのチーズをかけられて女子たちが、「きゃー」とか「うわー」とか言っている映像が、脳内に無限リピート再生されているからね。

冷や汗を吹き出しそうなご主人に無理やり案内させて、私たちは無事に厨房に辿り着いた。

「これのことでしょうか？」

「（知らない。でも多分）そう」

「えーと。温めましょうか？」

「待って！」

「ひゃっ。ひゃいっ」

いや、怒ってないから。

「落ち着いて、ご主人。どうせならちゃんとチーズが生きるように食材と一緒に食べたいと思っただけなの。この厨房にある食材もいただいていいかしら？　もちろん料金はお支払いするわ」

「そ、そ、そ、そんな。りょ、りょう、料金!?」

何も、「領地にある物は全部私の物」だなんて思っていないんだけど？

「手間をかける分、卸値じゃなくて商店で売られている売価でお支払いするわ。レイモン、お願いね」

「かしこまりました」

「じゃあ」

全員が、「じゃあ」とは？　と、怪訝《けげん》な表情を浮かべた。

ご飯の準備に決まっているでしょうが！


「結構いろんな食材があるのね」

厨房には予想以上に食料が並んでいた。

「ローラ。とりあえずバゲットはいるでしょ。それからブロッコリーとジャガイモと人参。一口大に切って茹でてちょうだい。あら。ハムもあるのね。これもいただきましょう」

「かしこまりました」

うーん。野菜だけじゃ物足りないな。やっぱり肉と野菜だよね。チーズなら鶏肉に合いそう。

「ご主人。鶏肉はあるかしら？」

「は？　はい。こちらに」

あら。やっとかまずに返事できたじゃない。

「ローラ。鶏肉は皮をパリパリに焼いて、その後一口大に切ってちょうだい」

「かしこまりました」

「言い忘れていたけれど、ここにいる全員分を作ってね？」

「マルティーヌ様。それは――」

レイモンに最後まで言わせたら私の負けだ。この戦いは絶対に負けられない。

「ここで、みんなでお昼をいただきましょう。もうお昼でしょ？」

少なくとも私の腹時計は昼だ。

「ですが……」

「別々に食事を準備する方が時間がかかるし、こちらにご迷惑をおかけすると思うわ。あとリエーフ。あなた、昨日の視察ではろくに食べなかったでしょう？　レイモンと交代でもいいから、今日は食べてね。これは命令です」


――ということで。

調理した食材とチーズを先ほどの食堂に運んでもらった。

長テーブルのお誕生日席に私、その反対側にレイモンとローラが座った。レイモンとローラが先に食べて、二人とリエーフが交代するらしい。

私の前には、バゲットと野菜とハムとチキンがお皿の上で、今か今かとチーズの雪崩《なだれ》を待っている。

「で、では。失礼致します」

くぅ。やっとだー！

ご主人がお皿の上にチーズを流しかけてくれた。

キター！　これ！　これ！　これ！

目で私の表情を窺っているけど、あともうちょっとだけお願い。大丈夫。お皿からこぼれる手前で、「ストップ」って言うから。

全ての食材がチーズで隠されてからも、これでもかと重ねがけしてもらって、ようやく私は、「ありがとう」とご主人の手を止めた。

ぐふふふ。

テーブルの向こうでも同じ作業が行われ、ご主人も一緒に席に着いた。

「それではいただきましょう」

私の合図で皆一斉にフォークを手にした。

私はバゲットがあった辺りにフォークを刺して、見事的中。バゲットを掘り起こし、あぶれたチーズをすくえるだけすくって口に運んだ。

きゃー!!　そうコレ！　うーーん、美味しい!!　塩気を含んだチーズと合うわー。

じゃ、次はチキン。もう、ローラったら。お子ちゃまの口に合わせて、ものすごく小ぶりな一口大に切ってくれている。

どれどれ。はぅぁっ。いいっ！　しっかりパリンパリンに皮を焼いてくれている。あ、さすがローラ。言わなくてもちゃんと塩、胡椒してから焼いてくれたんだ。

ローラの料理センスは信用しているから、細かいことは言わなかったけど嬉しいな。

あぁそしてチーズにくるまれたチキンは美味しい！　うん。この鶏肉ジューシーだわ。うちの領地にいい品種の鶏がいてよかった！

え？　はやっ。レイモンとローラはもう食べ終えたの？　でも心なしか表情が緩んでいるみたい。堪能できたのかな。それならよかった。

リエーフも早食いだな。あれ？　でもちょっと。気のせいかもしれないけど目が輝いている？

………？　もしやこれのこと？　この感情がそうなの？　若い男の子にご飯をお腹いっぱい食べさせてあげる快感……。

うわー。あっという間になくなっていく。私はずっとリエーフを見ているから、彼が正面を向くと必然的に目が合う訳で。あ。目を逸らされた。くぅ。

それでも手を休ませることなく食べ続ける美少年の様子は眼福もの。ん？　今、目をパチパチって、あ、目を大きく見開いた。

うっふっふっ。感激しているんでしょ。

レイモンの指導によるものなのかわからないけれど、リエーフの表情筋の動く範囲は狭い。いつか満面の笑みも見せてほしいな。

美味しい昼食でエネルギーを補充したご主人は、別れの挨拶でようやく普通に接してくれるようになった。

次に訪れたときは、力を抜いて対応してもらいたいな。

……あ。食べることに夢中になって、改善点とか聞くのを忘れちゃった。これじゃあ視察じゃなくて試食、まんま観光だ。

あー、私、朝からずっと心の中で「観光」って言ってたもんね。うわあ。言霊《ことだま》に支配されてる！

それでもまあ、これで全日程が終了したんだなあと馬車の中でお腹をさすっていたら、レイモンが特大の別腹デザートを用意してくれていた。

「では最後に、商店が立ち並ぶ中心街を通って戻るといたしましょう」

ええっ！　中心街!?

「それは楽しみだわ」

✦・✦・✦

気の済むまで食べたせいで馬車の中でうとうとしてしまったらしい。喧騒が聞こえて、ふと窓の外に目をやると整備された街並みが見えた。

街だ！　街があった！　もちろん王都に比較すると規模は小さいけれど、まごうことなき街があった。

王都が東京や大阪だとしたら、うちの領都は政令指定都市くらいには発展していそう。

たくさんの店が立ち並び、多くの人が行き交っている。道行く人の表情が明るくてホッとした。幸せに暮らしているみたいでよかった。

「……すごい。ここが領地で一番賑わっているところなのね」

「はい。王都に行かなくても、大抵の物はここで手に入ります」

レイモンが誇らしげに言うところが、ちょっと可愛い。

「ローラもよく来るの？」

「よく」と聞いたのが悪かったのか、ローラは少し悩んでから答えてくれた。

「それほどではありませんが。子どもの頃は両親に連れられて来るのが楽しみでした」

「そうなのね。リエーフも来たことあるのかしら？」

レイモンは、私が窓を開けてリエーフに声をかけると思ったらしく、そっと窓に手を当てて牽制してから、「私が何度か使いに出したことがありますので、あれも慣れております」と、答えてくれた。

「マルティーヌ様のご案内は私にお任せください。というよりも、マルティーヌ様がこちらに滞在なさるのでしたら、店主たちにお顔を見せて差し上げていただきたいです。彼らにとっては、マルティーヌ様に使用してもらえること以上に光栄なことはございませんから。ドレスメーカーからは、普段着でもいいので仕立てさせてほしいと申し入れがあったくらいです」

「ローラ。自分の立場をわきまえなさい」

レイモンにジロリと視線で叱責されたローラは、ピクンと反応して、「申し訳ありません」と頭を下げた。

「レイモン、いいのよ。私もカントリーハウスで生活を始めたら、改めてここを楽しみたいわ」

ローラがぽうっと頬を緩めたのは、きっと私のお供で来られると思ったからだね。

それでもやっぱり王都ほどの規模ではないため、馬車で走っていると、周りの景色はあっという間に商業地から住宅街へと変わってしまった。

「まだ位置関係が頭に入っていないのだけれど、領都の中心街とカントリーハウスの間に、住宅街があるのね」

「はい。お屋敷で働いている通いの者たちは、ほぼ、この辺りに住んでおります。中心街からカントリーハウスまでは、乗合馬車もたくさん行き来しておりますから足に不自由はしません」

ありがとう、レイモン。素敵な街づくりをしてくれて。

レイモンは自分の分をわきまえているせいで、本当ならやりたかったこともグッと我慢してやらずにいたんだろうな。

領民たちからも色んな相談を受けていたはず。それを領主に言ったところで何一つ解決しないどころか、まともに話すら聞いてもらえなかったんじゃないかな。

生真面目なレイモンがあの父親と合うはずがない。あの男のことだ、きっとレイモンの顔を見ただけで機嫌を悪くしていたに違いない。

レイモンのストレス耐性ってすごいかも。

「何か気になることがございますか？」

……あ。

レイモンの顔をまじまじと見つめ過ぎたみたい。

「気になるというか――」

なんとか言葉を濁してやり過ごそうと思ったのに、頭の中を何かがよぎった。

……ん？　あれ……？　……あ！

ポコポコ空き地があるのが気になってたんだ。

「ねえレイモン。区画整理？　ええと、新規に道路を整備したり、商店が出店できるエリアを拡大したりとか、そういう試みは十五年間何もしていないのよね？」

代行って、現状維持しかできないよね。意思決定は領主の権限だもの。

自分で立案した新規事業を推し進めるなんて越権行為を、このレイモンがするはずがない。

「……はい。先代はご興味がないご様子で」

くぅ。ほんっとにごめんなさい。うちの領地にだって、起業したい若者もいたんじゃない？　やる気のある人たちって、まさかみんな領地を出て行ったりしてないよね？

「ねえレイモン。どんな商売にも流行り廃りがあるわよね？　新陳代謝というか、新しい風って必要だと思うのだけれど。それに流行に敏感なのは若い人よね？」

聡《さと》いレイモンは、私が言わんとしたことを瞬時に理解してくれた。

「……マルティーヌ様」

いっけない。今の言い方って子どもっぽくなかったかも。

「失礼ですが、タウンハウスの使用人を整理していて気づいたのですが、家庭教師を雇われていなかったようですね。奥様亡き後、どのように学習なさっておられたのでしょう？」

で、ですよねー。気になりますよねー。うわぁ、ド直球できた！

ヤバいヤバい。

「ちょ、ちょくちょくソフィアと手紙をやりとりしていたし（嘘だけど！）。人の話を聞くしかなかったから、耳年増というか。まぁ……ね？」

何が、「ね？」なのか、自分で言っててわからないけど、レイモンは目一杯汲んでくれたみたい。

「さようでございますか。あぁ、コホン。その、マルティーヌ様のおっしゃる通りでございます。流行を追うのは平民も同じです。長く商売をしていて代替わりしていない店などは、やはり客離れがおきておりますし。かといって好立地にある店舗は手放しづらいものです。新陳代謝という面では、モンテンセン伯爵領は古くなる一方と言わざるを得ません」

「それは、あまりいい状態とは言えないわよね？」

「はい。マルティーヌ様が新しい風を吹かせてくださることを領民たちは期待していると思います」

お？　おう。……は？

「私、そういう仕事を期待されているの？」

「それに限ったことではございませんが。お若くて、しかも女性の領主が改革を宣言されたのですから、いやが上にも期待が高まるというものでございます」

「そ、そうなのね。それでは私も頑張らないといけないわね」

あれだな。あの演説に尾ヒレがついて、とんでもないことになっているんだな。

それに私、『改革』なんて言葉は使っていないと思うんだけど？　レイモンの中でも何やら変換されておかしなことになってない？

「ねえレイモン。中心街や住宅街に近いところに空き地があったのは何故かしら？　中心街に出店できない方や、そもそも出店する余地がなくなってしまったら、隣接するエリアに開発が移るものではないかしら？」

「……マルティーヌ様。そのようなお考えは亡き奥様から学ばれたのでしょうか？　一目見てそこまで――」

うん。この辺で止めておいた方がよさそう。レイモンもローラも女神でも崇めるような顔つきになっちゃってる。

私の評価が爆上がり中なのはわかったけど、実力が追いつかないから止めてほしい。

でもなぁ。せっかくなら、新都心構想なんて大それたものじゃないけど、空いている土地にドカンとうちの領の目玉みたいな建物を建てて、そこを中心に発展していけたらいいな。

よし！　やっぱりランドマークが必要だ。

いやいや。待て待て。落ち着け、私。

大きすぎる夢は駄目でしょう。そんな夢見がちなプレゼンはどうかと思う。

まずは小さな目標を立てて、一つ一つ着実に実現させる。そうやって実績を作りつつ、徐々に大きな目標を立てていかないとね。

そうしないと、大風呂敷を広げているだけの夢見がちな少女って思われちゃう。

男性は合理的な話が好きだしね。

あぁあー。『感覚』で語り合える領主仲間がほしいなー。

✦・✦・✦

視察を終えて王都のタウンハウスに戻ったのは、領地を出た翌日の夜だった。

軽い夜食を取って寝た私は、次の日の夕方まで眠りこけていた。

十二時間以上寝られるのって、若さだと思う。こんな風に眠り続けたのは高校生のとき以来かも。

ずっと気が張っていてアドレナリンがドバドバ出ていたお陰で動けていたんだな。その間も疲れはずっと蓄積され続けていた訳で……。

領地への移動は、やっぱり片道三日かかると覚えておこう。

レイモンは領地に残った。私が本格的に稼働するまでは、引き続き領主代行の仕事をしてもらう必要があるから仕方がない。

それでも一週間後の公爵との面談には立ち会ってくれる約束だ。その時には馬車を使うように頼んだけど、どうだろうなぁ。また馬で駆けつけて来そうで、ちょっと心配。

「マルティーヌ様。お疲れは少しは取れましたか？　お茶をお持ちしましたので、一口だけでもいかがですか？　それとも夕食前に何か軽く召し上がりますか？」

「ありがとう、ローラ。お茶をいただくわ。食事は――そうね、夕食を少し早めにしてもらえるかしら」

「かしこまりました。アルマに伝えておきます」

紅茶が体に染みる……。水分補給は大事だもんね。

「ねえ。ローラもリエーフも疲れは残っていないの？」

「はい。もちろんです。私たちは日頃から体を動かすことに慣れておりますから。これしきのことは全く問題ございません。マルティーヌ様は体力があまりないのに無理をされたせいで、お体に負担がかかったのではないでしょうか」

「そう――かしらね」

くぅ。ほんと、体を動かしてなかったもんね、私。世の貴族令嬢たちも似たり寄ったりじゃないかな。

結局、タウンハウスに戻った翌日は、ダラダラとベッドで過ごして終わった。

✦・✦・✦

カントリーハウスを出発した日から三日間を復路にかかった日数と数えることにして、四日目の朝。

「……もう。気がつけば面談の日まで残り七日じゃないの」

アルマとの意思疎通は良好で、私が食べたい料理がほぼ想像通りの形で出てくる。

彼女は知らない料理にも果敢に挑戦してくれる。今日の朝食は、昨夜リクエストしたフレンチトーストだ。

大まかにレシピを伝授したら、バゲットを使って見事に再現してくれた。「表面はカリッと焼いてほしい」と、そこだけ念を押したら、気持ち厚めに切ってくれて、いい具合にカリカリ食感を味わえた。

もちろん中はふんわりしていて、バターがジュワッと出てくるのもすごくよかった。週一で作ってもらうことにした。

そんな朝食を堪能した後は、しっかり働かねばと執務室にやってきたものの、ソファーの上でぐうたらしてしまう。

一応、帰りの馬車の中で、フランクール公爵へのプレゼン資料の構成を考えはした。

それなのに――。

既に仕事場所として定着していた執務室のソファーに座ると、手が動かなくなる。

リエーフには休みを取るように言ったのに、相変わらずドアの向こうで護衛任務を遂行中だし、ローラは三十分おきに様子を見にやってきては、お茶のお代わりを勧める。

私のやる気はどこへ行った？

ソファーの上でぐでぇと沈んでいると、ノックに続いてドニの声が聞こえた。

「マルティーヌ様。お手紙をお持ちしました」

お！

「入っていいわよ」

髪は直せないので姿勢だけ正して、すまし顔を作る。

ドニがニッコニコの笑顔で差し出した銀トレイの上には懐かしい封筒があった。ソフィアからの返事だ。

早く読みたいけど、これはいよいよ疲れたときのご褒美にとっておこう！

「やっと笑顔が見れました。マルティーヌ様は大変可愛らしくていらっしゃるのですが、笑うと更に可愛らしさが増しますね」

つい本音がこぼれちゃったと言わんばかりに控えめに微笑むドニは、女性の扱いが上手い。

十二歳の子ども相手にそんなお世辞はいらないんだけど。でもまあ疲れているときは、これくらいの軽いノリが心地いい。

「ありがとう。あ、それから。ローラに昼食までは顔を出さなくていいって伝えてちょうだい」

「かしこまりました。その前に温かいお茶を交換しておかなくてもよろしいのですか？」

「ええ必要ないわ」

立ち去る前にもスマイルを忘れないドニは、執事の他にもう一つ別の属性が乗っかっている気がする……。まぁ癒されるんだけど。

――で。あれだな。前世でもそうだったじゃん。やる気が出るのを待ってちゃ駄目。やる気は、やり始めると出てくるもの！

とりあえず、主な事業を列挙してみる。農業の内訳として詳細な品目も書く。レイモンに教えてもらった売り上げのパーセンテージから円グラフを作成する。

フォーマットを整えようか。最初にドーンと大きな目標を書こう。やっぱランドマーク建設だよね。まあ三年後の姿としてならアリなんじゃないかな。私は大風呂敷を広げるのが好きなのだ。

ストーリー立ててまとめてみよう。そこへ至るためのタスクと、解決すべき課題を書いて――と。

うん。調子が出てきた。だんだんと乗ってきたぞ。

いや、もっと最初に夢を語りたいな。前世の私の夢でもあったんだけど。

ランドマークったって、私が作りたいのは駅前の商業ビルとかじゃなくて、ホテルなんだよね。

そういえば亡くなる直前って、朝食バイキングの企画書を作っていたんだった……。

まあホテルっていうほど大層なものじゃなくていいから、そう、オーベルジュくらいでいい。美味しいものを食べて、のんびり過ごしてもらえるような……。

前世で訪問した国内外のオーベルジュの記憶が蘇る――って、あれ？　私、今、夢を見ているのかな？　なんか意識がぼんやりして――。

✦・✦・✦

意識が戻ると、私はベッドに寝かされていた。

「気がつかれましたか。少し無理をなさったようですね」

ん？　誰？

「まだ少し熱がありますが、立て続けにポーションで無理やり下げると体に負担がかかりますので、夕方になっても下がらなければ、こちらをもう一本服用するようにしてください。少し起き上がるくらいは問題ありませんが、あまり体を動かさず安静になさってくださいね」

お医者さんなの？　ん？　あれ？

「あー」

人を指差すなんて、私、何をやっているの。

「あなた……。あのときの」

「おや？　私のことを覚えていてくださったのですか？」

だってイケメンだったんだもん。今もベッドのそばの美しい顔から目が離せないでいるし。

キラキラと輝く青い瞳の青年は、街ブラをしていたときに会った人だ。

「お医者様だったのですね」

「今日は自己紹介をさせていただきますね。私は医師ではなく薬師のジュリアンと申します。どちらかというと薬草とポーションの研究を主な仕事にしているのですが、知人に頼まれれば、研究結果であるポーションをお分けしているのです」

「……知人？」

……え？　今このタウンハウスにいる人間で、王都に知り合いのいそうな人間って、じいじと馬手と御者くらいなんだけど。

彼らが薬師——それも研究メインの人と知り合いっていうのは、ちょっと考えにくいんだけどなぁ。

「マルティーヌ様。ドニです。ご近所のお屋敷の方から紹介いただいたそうです」

ローラが教えてくれた。あ、側にいてくれたんだ。

……へ？　ドニが？　いつの間に？

「さすがドニです。私たちが領地に行っている間、彼は大人しく留守番をしていただけではなかったようで。どうやら、ご近所のタウンハウスに勤めている侍女たちと知り合いになったらしく、すぐにお呼びできる方ということで、先生に連絡をとっていただいたのです」

うわぁ。女同士でもなかなかできないのに。たった数日で彼女たちとのネットワークを築いてしまうとは。……優男、恐るべし。

「そうだったの。あとでドニにお礼を言わなくてはね」

「お礼だなんて。当たり前の仕事をしただけです。私もリエーフも、すぐにドニに追いついて王都での生活に慣れてみせます。タウンハウスでお暮らしになるマルティーヌ様をお支えできるように、諸々把握いたしますから！」

「そ、そう」

今のローラは熱血漢バージョンだ。

拳を握りしめているローラを優しい眼差しで見ているジュリアンさんから、癒しのオーラがほわほわと滲み出ている。

ジュリアンさんがいてくれてよかった。

ああ、そっか。あのとき抱えていた大きなカバンにはポーションが入っていたのかも。

あーでも、イケメンに看病されるなんて！　前世の私なら恥ずかしくて頭から布団をかぶって隠れたはず。

でもでも。ドニよ、グッジョブ。素敵な人選。あ、そっか。侍女推薦って言っていたもんね。そりゃあイケメンが一番最初に浮かぶかも。

でも腕は確かみたい。発熱していたらしいけど今はそんなに体がだるくないし、熱っぽさもあまり感じない。

はぁ。ジュリアンさんはいつまでいてくれるのかな？　十二歳の子どもの仮面をかぶって甘えてみたいなー。まぁできないけど。

「先生。今日は本当にありがとうございました。マルティーヌ様がお倒れになったときは、どうなることかと、それはもう心配で。すぐに熱が下がって普通にお話しできるようになるとは……。先生、その節は、まるで不審者に対するような態度をとってしまいまして、この通り、ご無礼をお詫びいたします」

男前なローラが自分の非を認めて謝罪した。綺麗に体を折り曲げて頭を下げている。ふふふ。今日は、「先生」呼びなんだね。

うん。素直に謝れる子って大好きだよ。

「ど、どうか頭をお上げください。それに先生はやめてください。私は医師ではなく、しがない薬草の研究者ですから。それに、あのときは私の方こそ不躾《ぶしつけ》でしたし」

今度はジュリアンさんがぺこぺこと頭を下げ始めた。両者譲らずといった感じだ。

ここは私の出番かな？

「先生――と呼ばない方がよろしいのでしたわね。ジュリアンさんでよいかしら？　こんなによく効くということは、私が飲んだポーションは、もしかしてかなり上等な物だったのでしょうか？」

そう尋ねると、何故かジュリアンさんがふわりと嬉しそうに微笑んだ。あーもう。青い瞳がキラキラして、見惚れているうちに目をやられそう。

ポーションって、ランクに応じて金額が上がるくらいの知識しかないから、こんな質問になっちゃったんだけど。

「実は、私の研究というのが、症状に応じたポーションを作ることなのです。お嬢様にお飲みいただいたのは、熱冷ましに特化したポーションになります。他にも、痛み止めや、化膿止めといった特定の効能があるポーションを作れないものか、研究しているのです」

嘘ぉ。ちょ、ちょっと待って。元気なときに詳しく話を聞きたい。是非、研究内容をご教示いただきたい。

これは是非ともジュリアンさんのスケジュールを押さえなくては――と思ったところで意識が遠のいていった。どうやら熱冷ましのポーションのせいで眠気に抗えなかったらしい。

そのままジュリアンさんに挨拶すらできずに私は眠ってしまった。

第三章

リュドビク・フランクール公爵との面談

tenseishita
watashiha osanai
onnahakushaku

目が覚めたら朝で、面談まで残り六日となってしまった。どうしよう。毎朝カウントダウンをして自分を追いこんでいる気がする。でも止められない。

ジュリアンさんには、私の具合がよくならなかったら連絡をするということで帰ってもらったらしい。

うーん。そういうことなら連絡しづらい。彼には後見人が決まって落ち着いてから連絡をすることにしよう。

プレゼン資料（となるはずのもの）を前にして、今更ながらレイモンの忠告が沁《し》みてくる。甘かったわ、私。なんで数日で資料を作れるなんて考えたんだろう。

とりあえずレイモンに聞いたざっくりした数字や割合を基に、自領の現状をわかりやすくまとめてはみた。

でもなー。ろくに世の中を知らない十二歳の少女が作った資料だよ？　正確性の担保もないし。

こんなの見てもらえるのかな？

しかも将来の展望なんて、まるで夢物語だし。私、前世を思い出して興奮状態だったから……。

「ため息ばかりつかれていますが、何かお手伝いできることはございませんか？」

……ドニ？　あれ？　私、ノックにも気がついていなかった？

それにしても相変わらず女子受け抜群の笑顔だね。

「別にないわ。約束の日まで一週間を切ったのかと思って、緊張してきたのかもしれないわ」

「緊張――ですか」

は？　お前がか？　みたいな反応は意外なんですけど。

「それより、挨拶は私からするのよね？　『お初にお目にかかります。マルティーヌ・モンテンセンでございます』で、大丈夫かしら？」

「さようでございますね」

あら。レイモンみたいな口調もできるんだ。

「マルティーヌ様のマナーは問題ないと思います。儀礼うんぬんよりも、マルティーヌ様の熱意がフランクール公爵閣下に伝わることが肝要かと。今お考えのことを一つ残らずお話しできるよう、資料をまとめられるとよろしいのではないでしょうか？」

お、おう。サンクス、ドニ。まともなアドバイスをありがとう。

「ところで、かのフランクール公爵閣下がお好みだと噂の茶葉を入手いたしましたので、早速お淹れしてきました。当日はこちらでおもてなしを考えておりますが、いかがでしょうか」

そう言ってドニが淹れてくれた紅茶を口に含むと、ふわりと爽やかな香りが口の中に広がった。少し甘い香りもする。

うんうん。これ、美味しいじゃない。私もこの味好きだわ。

「噂が間違っていたとしても、このお茶は美味しいわ。これにしましょう。茶菓子も候補があるのかしら？」

「いえ、それが――」と言い淀んでニヤリと意地悪く笑うドニを見てわかった。なるほど。茶菓子の相談に来たんだな。最初からそう言えばいいのに。

「フランクール公爵閣下は、社交の場でお菓子を召し上がることがないらしいのです。まあ噂に過ぎませんが。ですが目撃した方によれば、まるで仇でも見るような目でお菓子を睨みつけていたと聞きました」

あれだよね？　例の高級なお菓子の類《たぐい》でしょ？　あのジャリジャリが許せないのかな。

「でも出さない訳にはいかないわ。砂糖を控えめにした焼き菓子を、そうね、すごく小さめにして――」

あ！　ここで手作りを出すのはどうかな？　あなたのことを思いながら焼きました作戦。というよりも、子どもっぽいあざと作戦だけど。

「私が焼こうかしら。話を聞いてくださるお礼として。お忙しい方のお時間を頂いたのだもの。心を込めたおもてなしをしなくてはならないわ」

「手作り……？　もしや現実逃避をされていますか？」

「あんな砂糖をまぶしたようなお菓子は出せないわ。物足りないくらいの甘さのお菓子を作りましょう」

「もしもーし。私の声は届いていますか？」

「まぁ大変。試作する時間があまりないわ」

「……はぁ。レシピを何種類かアルマに伝えるだけでよろしいのでは？」

✦・✦・✦

――結局。

書き物をして行き詰まると厨房へ行き、お菓子を作るようになった。焼き上げる工程はアルマに頼んで。

ローラからは厨房入りを猛反対されたけど、焼き上がったお菓子をあげると、思いの外《ほか》口に合ったのか、「仕方ありませんね」とあっさりと手のひらを返してきた。

そうしてあっという間に日にちが過ぎ、約束の日を迎えたのだった。

タウンハウスの応接室は、そこかしこにダリアが飾られて芳《かぐわ》しい香りが充満している。一応、フランクール公爵は花については無頓着という噂だったので、それを信じることにしたのだ。

ダリアはいざというときの泣き落としの小道具にも使える。なので、『母の愛した花』でおもてなしをすることにした。

昨日戻ってきたレイモンが指揮を執り、ドニやローラと三人がかりで家具や調度品を入れ替えて磨き上げ、応接室の設えを整えたのだった。

その応接室の上座の席に、後見人候補のリュドビク・フランクール公爵が、従者兼護衛という男性を連れて鎮座されている。

ちょっと――。なんというか、目力がすごい。

今、私は、絶対的な支配者を前に、自分の胆力を試されているのかもしれない。

というか、支配者から、「我の前に立つからには、いかに小国の王だとしても一歩も引かぬという気構えを見せてみろ」と、要求されているような気がする。

粗相などしようものなら、あっという間に葬られそうな圧迫感をひしひしと感じながらも、相手の醸し出す要求《オーラ》に従って挨拶をする。

「ようこそお越しくださいました。リュドビク・フランクール公爵。お初にお目にかかります。マルティーヌ・モンテンセンでございます。どうぞマルティーヌとお呼びください。此度《こたび》は面談の機会をいただけましたこと、誠にありがたく存じます」

「リュドビク・フランクールだ。君も座りたまえ」

ま、そりゃ、「どうかリュドビクと呼んで」なんて言われないとは思ったけどさ。堅いよ。ガッチガチに凝り固まっているよ。

これ――私にほぐせる？

顔はねぇ。ものすごく綺麗なんだけどねぇ。公爵の髪の色は意外にも黒色で――勝手に金髪とか銀髪とかだと思っていた――、瞳の色は吸い込まれそうなほどに深い青色。

もー、ものすごく良くできているんだよねー。造形はねー。

王族や高位貴族には美人が輿入れするから、美貌ＤＮＡが蓄積されているんだろうけど。

うーん。だけど、なんか軍人さんみたいな雰囲気を漂わせていて、全然気が抜けないところが、『惜しい』って感じ。

凜々《りり》しいというよりも、文字通り厳しいって感じなんだよね。人間の体って六十パーセントが水分でできているんだっけ？　公爵は八十パーセントが威厳でできていそう。

ああ勿体無い。笑わなくてもいいから険をとってほしい。

それに引き換え従者の方は、ドニに輪をかけてチャラそうなんだよね。ウエーブのかかった赤髪に、これまた綺麗な緑の瞳。部屋に入ってからも終始にっこり微笑んでいる。ほんと、不思議な組み合わせ。

……は！　そんなことよりも、まずは自己紹介――いや、自己アピールをしなくては！

何にせよ、つかみは大事。でもその前に場を温めるのが先か。

ほんと、初対面だし情報は少ないし、もう出たとこ勝負だよ。

ええっと。きちんと呼びかけるときは「閣下」。本当なら、こういう場では少し砕けて「公爵」でもいいとレイモンから聞いたけど。

「フランクール公爵閣下」

初対面だし、どうも堅そうな感じなので、「フランクール公爵閣下」を選択。

「お口に合うとよろしいのですが。まだ社交もおぼつかない身でございまして、満足なおもてなしができないことを先にお詫びいたします」

毒味を兼ねてまず私が紅茶を一口飲む。うん。美味しい。みんな頑張ってくれているよ、ほんとに。

あ、公爵も飲んでくれた。どうかな？

「結構。これなら茶会で出しても大丈夫だ」

やったー！　レイモン。ドニ。ローラ。アルマ。聞いた？　合格だってー！

となると次は――。

「こちらの焼き菓子は、甘い物が苦手な殿方にも召し上がっていただけるよう工夫してみたのですが。もしお嫌いでしたら、ラム酒に漬けたレーズンなどいかがでしょう？　バターと一緒に召し上がっていただけるように混ぜ合わせたものを冷やしてございます。苦手でなければこうしてパイ生地に載せて召し上がっていただけますと、より一層楽しめます」

くっくっくっ。

資料作りから逃亡してはお菓子の試作を繰り返した結果、男性陣の意見を採用して、パウンドケーキとショートブレッドとレーズンバター＆薄く焼いたパイ生地を用意したのだ。

これまた毒味も兼ねたデモンストレーションとして、レーズンバターサンドよろしく、パイ生地にレーズンバターを載せて、パリッと食べてみせた。

あ、いい音！　アルマすごいよ。めちゃくちゃ上手に焼けている。ほんのり甘いパイ生地の層は何層あるんだろう？　バタークリームも美味しい。

ラム酒がよく効いているので、レイモンからは一日一枚だけと制限されてしまったけど、うん。やっぱり美味しい。

思わずお客様の存在を忘れて口の中の幸福を噛み締めてしまった。慌てて毒味をしたまでだと取り繕っては見たものの、赤髪従者さんが笑いを堪えている。……バレた。

でも公爵は顔色ひとつ変えずに物分かりのよい客として、私と同じようにパイ生地にレーズンバターを載せて上品に口に入れた。

不思議なことに、これまで表情らしい表情がなかった公爵の顔に、咀嚼するごとに赤みが差していく。

もしや公爵は甘い物がいける口？

……ならば。

「お口に合いましたでしょうか？」

「ああ。これは酒のつまみにもよさそうだ」

よぉっし！

じゃあ、とりあえず残りの二種類も食べて見せておこう。毒味はホステス役の大事な仕事だからね。

「是非、こちらのケーキもお召し上がりください」

そう言って、パウンドケーキを口に運ぶ。

パウンドケーキにはクルミと、天日干ししたイチジクを入れてみた。これが大成功！　前世でも通用する味だと思う。

パウンドケーキという名前は材料を思い出すのに本当に役に立つ。コツはバターを常温に戻すことと、バターと砂糖をよく混ぜて空気を含ませること、それと卵を少しずつ入れることだもんね。

ベーキングパウダーがないから、卵白をメレンゲにして膨らませた作戦がよかったのかもしれない。

確か卵一個は50グラムだったから、卵を二個使うことにして、バターと砂糖と薄力粉は１００グラムずつ。超簡単。

焼きだけはアルマに任せたけど。

意外にも公爵は素直に手をつけてくれる。それでもパウンドケーキを口に入れるサイズが私よりも小さいところが可愛らしい。まあ甘すぎることを警戒したのかもしれない。

「これは――随分と食べやすい。中に入っているのはクルミだろうか？　小気味よいな。それほど甘くはないが、しっとりとしたケーキの食感も果実と合わさって面白い」

気に入ってくれたみたい。よかったー。

「はい。中に入っている果実は乾燥させたイチジクです」

「うむ。なるほど。なかなか」

あっ。おぉっ。

公爵がパウンドケーキを完食した！　気に入ってくれたようだから、私たちのおやつ用にとっておいたやつをお土産に渡そうかな……。

「こちらのクッキーは、ケーキよりも甘さを感じられると思いますが、口当たりが軽いので、それほど気にならないと思います。どうぞお試しください」

そして私が丸いクッキーの形に焼いたショートブレッドを口に入れると、公爵もすかさず口に入れた。

え？　早過ぎない？　それだと毒味の意味がないんじゃ……？

「ふむ。これは美味しい。いくらでもいけそうだ」

え？　そんなに気に入りましたか。

ショートブレッドの方の材料はうろ覚えだったけど、なんとなく、砂糖：バター：薄力粉が、1：2：3だったような気がして試してみたら、薄力粉が少ないことがわかった。

ねちょっと手につく感じだったので、気持ち薄力粉を追加すると、記憶にある生地の硬さになった。

クッキーとして出したかったので、直径三センチの棒状にして、念には念を入れて一晩寝かしてから五ミリほどに切って焼いたけど、これも上出来！

……えっと。ちょっと待って。

公爵はあっという間にショートブレッドも完食して、残っているレーズンバターに手をつけている。

なんか……。ちょっと……。イメージが……。

私の目が点になっていると、赤髪従者さんが、「コホン」と小さく咳払いをして、「リュドビク様」と呟いた。

そこで初めて公爵は我に返ったみたいで、ハッとして手を止めた。

ここまで夢中になってくれるとは思ってもみなかったから私は嬉しいんだけど、いい年をした男性である公爵にしてみれば、やっぱり恥ずかしいのかな？

……あれ？

というよりも、確かお客様って、「十分なもてなしでした」という意味で、出されたお菓子は残

すのがマナーじゃなかった？　レイモンにそう聞いたけど？

あー。もしかして、やってしまいましたか？

まぁここは、『アルマのお菓子が美味しすぎたせい』ということで、公爵に恥をかかせないようスルーしなくっちゃね。

「お茶が冷めてしまいましたね。すぐに淹れ直させますので」

ドニはすぐに下がると、紅茶ポットとお菓子のお代わりを持ってきた。

「気を遣わせてしまい申し訳ない。一息ついたので、そろそろ本題に入るとしよう」

きたっ！　いよいよだ。

公爵は冷ややかな目を向けて何事もなかったかのように仕切っているけど、お菓子をペロリと完食したことを思うと、ちょっと笑えてくる。

こら！　笑うな、私！　ヤバい。耐えろ。

「はい。お忙しいフランクール公爵閣下の時間を無駄にする訳にはまいりませんので、単刀直入にお話しさせていただきます。閣下に、モンテンセン伯爵となった私の後見人をお願いしたいのです。本日の面談は、閣下に私という人間を知っていただく機会を頂けたものと思っております」

本当はもう少し貴族らしく回りくどい言い方で、仄《ほの》めかすことができればよかったんだけど。

「ふむ。だが君はまだ十二歳で、ほとんど公の場には出ていないね？　学園にも通っていないため学業の成績の評価もできない。君の人となりを知るには、君の成長を待つ必要があると思うが？」

……お、お仕事モードの公爵は格好いい。

腿《もも》の上に腕を置いて、両手の指を軽く交差して座っている姿は、女性誌の『憧れの先輩社員特集』のモデルみたい。

「はい。おっしゃる通りです。今現在の私には、これといった経歴はございません。ただ、子どもだからといって、これまでの親父《ゲス》のように領地経営を家令に丸投げするつもりはございません。領地経営についてはゼロから学ぶことになりますが、その責務を忠実に果たしたいと思っております。私が閣下の及第点をいただける領主になれるかどうかは、現時点ではご判断いただけないことは承知しておりますす。ですが、それでも真剣に取り組む意思を示したく、言葉だけでなく私なりに資料にまとめてみましたので、ご覧いただけますでしょうか」

ここで打ち合わせ通りに、ドニが五枚の紙を公爵の前に置いてくれる。私の力作だ。

ちなみにレイモンはいざというときにだけ口出しをすると言って、部屋の端に控えている。ドニにとってもデビュー戦らしい。

公爵は「資料」という言葉に「ん?」という反応を示したけど、手元に紙が置かれると手に取ってパラパラっとめくった——かと思うと、すぐに表紙に戻って読み始めた。

いまいち表情が読みづらいので、感触がいいのか悪いのかわからない。

「こちらは、私が領地を視察した際に聞き取りをした内容を基に、私なりに将来の展望をまとめたものになります」

むふふ。よしよし。我が野望を語るときがきた。

一枚目には目指すべき領地の姿と、そのためになすべき事業を簡潔に記した。派手なランドマーク構想が公爵の目に留まったはずなのに、それほど驚いたようには見えない。

二枚目には、領地の現状と領民たちの要望を簡潔に記載している。

三枚目からは具体的な数字による解説だ。

領地の主要な産業を売上高別に円グラフにして、それぞれに色を塗った。やっぱり白黒よりはカラーの方がインパクトがあるからね。ドニに無理を言って絵の具を買ってきてもらったのだ。

それぞれの産業ごとの主要な商品も売上高別の円グラフにしてある。こちらももちろん色付きだ。

数字についての出典はレイモン。監修してもらったので間違いないはず。

「雲を摑《つか》むような夢物語に見えるでしょうが、『実現させたい将来像』として掲げてみました。そこに近づけるように取り組みたいと思っております。具体的な計画に落とし込むには、市場調査が不足していることは理解しております」

昨日、繰り返しリハをしたから、もうセリフが澱《よど》みなく出てくる。

資料作成にあたっては、ソフィアの意見も参考にした。やはり貴族令嬢はあまり外出する機会がないらしい。屋敷に籠もりがちな令嬢と平民との体力の差は一目瞭然。

ランドマークとしてオーベルジュを建てるつもりだから、体力向上すなわち基礎代謝アップを目指して、食事と運動をメニューにした宿泊プランを考えた。

太りにくい体は女性みんなが欲しがるはずだもの。ウォーキングを兼ねた森林浴ってよくない？

まずは初年度の取り組みとして、優先順位の上位である治水と森林整備から実行したいと言おうとしたところで、公爵がカッと目を見開いて私の言葉を遮った。

「君が立派な領主になりたいと考えていることはわかった。だが、それ以前に、君は貴族令嬢としての教育をきちんと受けるべきだと思う。随分と慌てて大人になろうとしているようだが、貴族として申し分のない令嬢になることが先決なのではないか？　領地経営に携わるのは、王立学園を卒業してからで十分だと思うが」

……へ？

ちょ、ちょっと待って。この資料を――この私の熱いプレゼンを、「それはひとまず置いておいて」って言ってる？　何の話をしているの？

「自分の意図しない方向に話が逸れたからといって、そのような顔をしてはならない。そういう基本的なところから、まずは学ぶ必要があると思う。君は十二歳になるというのに家庭教師をつけていないね？　普通ならば学園の入学準備として、家庭教師に各教科の基礎と、マナーとダンスを学んでいなければならないはずなのだが……。何もそこまで落ち込まなくてもよい。お父上を亡くされてすぐに領地に足を運んだ行動力は買おう。だが、領地経営については君よりも家令と話をしたい」

……ん？

「あの、それはつまり――」

「後見人の件、私でよければ引き受けよう」

え？　マジで……？

「君はまだ十二歳だ。大人の庇護下にあるべき年齢だ」

お、おう。

「この二週間、随分と慌ただしく過ごしたのではないか？　ちなみに私が断った場合はどうするか、家令と話し合っていたのだろうか？」

……いいえ。話していません。

第二、第三とぽんぽん貴族の名前を言えるほど知らないので。

でもよかった。引き受けてもらえるんだ。

……う。泣いてもいいかな？　なんとなく、子どもっぽさをご所望のようですし。

「手続きもこちらでしておこう。そちらからの依頼だ。異存はないね」

「はい。よろしくお願いします」

「よろしい。では――」

うっかり、「バンザーイ！」と手を挙げそうになったのをグッと堪えていたら、公爵から、今後一年間に私が学習すべき教育カリキュラムを言い渡された。

うげっ。

◆・◇・◆

フランクール公爵家の当主として国王陛下を支える私の元に、幼いモンテンセン伯爵から『後見役を依頼したい』旨の手紙が届いたのは、一月ほど前のことだ。

転生した私は
1
もーりんもも
ill. 呱々唄七つ
後見人の公爵に餌付けしながら、領地発展のために万能魔法で色々作るつもりです
幼い女伯爵
初回版限定
封入
購入者特典
特別書き下ろし。
不味いと脱落！　美味しいスイーツを当てろ！
※『転生した私は幼い女伯爵①　後見人の公爵に餌付けしながら、領地発展のために万能魔法で色々作るつもりです』をお読みになったあとにご覧ください。
EARTH STAR NOVEL

不味いと脱落！　美味しいスイーツを当てろ！

「——つまり、用意した二つのステージ、この障害を両方クリアした人だけが、この、新作のお菓子、クリームブリュレを食べられるの！」

もー、ちゃんと聞いてた？　別に難しいことじゃない。必要なのは『運』だけ。それなのに、レイモンもローラもリエーフも、揃いも揃ってポカンとした顔で突っ立っている。

せっかく庭にテーブルを出してもらって準備したというのに。

「マルティーヌ様。何故このようなことをしなければならないのでしょうか？　そのお菓子はマルティーヌ様のために作られたはずですが？」

なぜなら娯楽が少ないから——とは言えない。

「あのね、レイモン。私は食べたことがあるの。だって最初に作ったのは私だから。それに食べたくなったらいつでも作ってもらえるし。たまにはみんなに楽しみながら休憩してほしいだけなの」

「今は休憩時間ではありませんし、ローラもリエーフも——」

「そこまで！　それ以上は言わないで。とにかく私のいう通りにやってみてちょうだい。感想はその後で聞くわ」

だから、ローラ！

どうして、「え？　本当にやるんですか？」とでも言いたげな顔でレイモンに助けを求めているの？

こうなったら一番弱いところから攻めるか。

「リエーフ」

は？　リエーフまでもがビクンと体を震わせて目を泳がせている。もう、そんなのは無視！　無視！

「レイモンとローラは後でいいみたいだから、まず最初にあなたが、三つの中から一つ、好きな『手毬《てまり》サンド』を取ってちょうだい」

バフバフバフーと、鳴り物があれば盛り上がるんだけど仕方がない。

リエーフはパチパチと瞬きをしながら「てまり……？」と呟いていたけど、「取れ」という命令に素直に従って一つ取った。

手毬って言っても通じないことはわかっていたけ

ど、そこはご愛嬌。単にボールサンドとかだと味気ないじゃないの。

「さ。食べてみて。見た目は馴染みがないかもしれないけれど、薄く切ったパンで具材を包み込んで丸くしただけだから。当たりなら美味しいサンドイッチよ。ハズレなら苦い薬草入りのサンドイッチを味わうことになるわね」

　何故だかレイモンとローラがリエーフを凝視している。

　いや、毒なんか入っていないから！

　普通に一つ選んで食べるだけじゃない。ハズレを引かなきゃいいだけなの。そうすれば次のステージに進めるの！

「ほら、早く食べて」

「はい」

　さあ、どっち？

「あ。美味しいです。ハムの味がします」

「おめでとう。当たりね」

　ぐいっとレイモンとローラの方を見ると、意外にもローラが、「じゃあ、私も食べます」と言って一つ取ると、躊躇《ちゆうちよ》せずに口に放り込んだ。

「あっ。トマトの味がします」

「あなたも当たりね！　じゃあ残りは……」

　レイモンは、ローラに遅れをとったときから覚悟していたのかもしれない。「私の分ですね」と言ってハズレとわかっているサンドイッチを食べた。

　おぉぉ。さすがレイモン。顔色を変えない。

　本当は、「ぎょえぇぇっ」と叫んで咽《むせ》ぶのが正しいリアクションだけど。まあ、そこはレイモンだもんね。

「残念。レイモンは失格！」

「お言葉ですが、『失格』と言われるのは納得がいきません」

「聞こえません。ハズレを引くと失格になるの。とにかく、次っ。残った二人はゼリーで勝負よ！」

　ぐふふふ。一見するとオレンジゼリーに見える二センチ角の立方体だけど、ハズレは裏漉ししたビーツの絞り汁を薄めて固めたもの。

「では私からいただきます」

　おっ。ローラが積極的にいった。さあ、吉と出るか、凶と出るか。

「これは――」

　どっち？

「オレンジの味がします」

「おめでとう！　優勝はローラね」

「で、では私は――」

本当いうと、同時に食べて、当たりかハズレか食べるまでわかんないのが面白いんだけど、うまくいかなかった。

「いただきます…………ん？　ええと、美味しいです――けど？」

嘘っ?!　どうして？　ハズレの方は味見していないけど、あれが美味しいなんてこと、ある？

「本当に？　痩せ我慢じゃなくて？」

「はい。ほんのりと野菜の旨みを感じます」

あー。そういうことか……。

リエーフは着の身着のまま森に放り込んでも生きていけるサバイバル訓練を受けていたんだった。舌が痺れるくらいしないと不味いという認識がないのかもね。

「これはお菓子だから甘くないと負けなの！　だからリエーフは失格よ！」

「は、はい。承知しました」

「さあ、ローラ！　このクリームブリュレはあなたのものよ！　召し上がれ！」

「はい」

ローラはテーブルに座って、私が見ているからか、不承不承スプーンを手に取った。

「あ、言い忘れていたけれど、表面が固いから、スプーンで割って食べてね」

「はい」

どうして固める必要が？　と顔に書いてあるけど、言う通りにして食べてくれたから許す。

「これは！　ものすごく美味しいです。公爵閣下にお出ししたら喜ばれるのではないでしょうか」

「いつとは決めていないけれど、もちろんお出しするわよ。……そうねえ。そのときはギヨームも一緒のはずだし、人数が増える分、楽しめるわね。今度リュドビク様がいらっしゃったときに――」

「絶対になりません！」

「駄目です！」

「それはさすがに」

そこは三人とも揃うんだね。わかりました。普通に出せばいいんでしょ。でもね……やりようはあると思うんだよね……。

かねてより醜聞の絶えなかった伯爵が病死し、未成年の一人娘が爵位を継いだ話は聞いたが、まさか縁もゆかりも無い私に後見役を依頼してくるとは夢にも思わなかった。

亡くなったモンテンセン伯爵の噂がほぼ事実であることは、少し調べただけですぐにわかった。

貴族としての最低限の社交もしない。領地経営は家令に丸投げ。一人娘は教育もしないまま放置。女性にはとことんだらしない。

「令嬢についてはカッサンドル伯爵からの情報のみでしたもんね。それも、『父親とは正反対の真人間』というくらいで。まともな使用人は領地にいる家令だけなんて。さすがのリュドビク様も同情心が湧きました?」

従者のギヨームはパシェール伯爵家の次男で、生まれたときから私の従者になることが決まっていたため随分と厳しく躾けられたはずなのだが、乳兄弟の気安さか、二人きりになると途端に主人を揶揄《からか》うような口ぶりになる。

「同情?　まさか。この私がそんな安っぽい感情で動くと思っているのか?」

お互いにそんなことはないとわかっているが、軽口を叩き合うのは本題に入る前の準備運動のようなものだ。

「早速あの領地を食い物にしようと動き出した輩がいたので仕方あるまい。後見人の立場を利用して勝手に税率を上げ、その分を着服しようなどと考えているのは明らかだ。まあ領地経営は安定しているようだし、あの家令ならば数年任せたところで問題なかろう」

「それにしてもマルティーヌ嬢には驚きましたね」

「ああ」

確かに驚いた。聡明な令嬢だった。

最初から後見人は引き受けるつもりだったのだ。

くだんの令嬢には、少しばかり世間話をしてから後見人を引き受けることを伝えればよいと思い、特段、準備もせずに伯爵家に出向いた。

後見人の話が終われば、彼女に然るべき教育を受けさせる手配をし、領地については家令と話をするだけのつもりだった。

面談予定の相手は十二歳とはいえ女性。女性。そこだけが唯一の、そして最大の問題だった。

初対面の女性が私に向けてくる、あの女性特有のねっとりとした視線には、一向に慣れない。

成人女性ともなれば、その視線を私の全身に這わせてくる。「視姦」はマナー違反どころか犯罪ではないのか。

不快な時間を極力短くするため、令嬢に挨拶をして少し話をしたら後見人を引き受けると返事をするつもりだった。

それなのに――。

長く病床にあって亡くなった母親は言うに及ばず、家庭教師もいない中、彼女の、あの落ち着いた対応には本当に驚かされた。どうやって身につけたのだ？

しかも例の女性特有の絡みつくような視線などは一切なかった。興味を持たれなかったことは嬉しいはずなのに、あの歳でそこまでの自制心があるのかと、少し恐ろしくも感じた。

「あれは美人になりますよー？　これから成人するまでが一番の見どころですからね！　あの純朴な少女がいつの間にか妖艶な美女に――」

「純朴？　それにしても、それが十二歳の少女に対する感想か？　お前に少女趣味が芽生えたのならば考えねばならぬな」

「やだなー。冗談じゃないですかー」

騙《だま》されるか。お前、絶対に半分は本気だろう。

おそらくマルティーヌ嬢は精神年齢が高いのだ。落ち着いた雰囲気と大人びた言葉遣いのせいで、ギヨームの食指が動いたのかもしれない。

面談では子どもを相手にしている気がしなかった。理論立てて話すし、現地視察までしたという……。

おそらく、領地に行ったことがなければ、領主として立ちたいという考えを信じてもらえないと踏んだのだ。

だからといって親を亡くしたばかりの少女が、まさかいきなり領地に視察に赴くとは……。可憐で大人しい見た目と違って、とんでもない行動力だ。

それに――。

「あの絵はなんだ」

「そう！　あれ、面白いですね。円を区切って色を塗り分けただけで、あんなにも理解しやすくなるなんて！　ホント一目でわかりましたもんね！　ものすごい発想力じゃないですか。いやあ将来有望ですよ！」

ギヨームが目を輝かせているのもうなずける。あんな風に図解するとは。こちらが一目で理解できるように心を配った結果なのだろう。

最初は家令が資料を作成したのだろうと考えた。面談後にそれとなく尋ねたが家令に否定された。

『全てマルティーヌ様がお一人で作成されました。尋ねられたことにつきましてはお答えいたしましたが、私の方から申し上げたことはございません』

信じられないが、あの説明用の資料は——構成も内容も全てが彼女の考えなのだと言う。なんとも言えない底知れぬ恐ろしさを感じる。

十二歳になったばかりの子どもなのに……？　生まれ持った資質だとでも？　いや、やはり信じられない。

そして、あの眼差し……。私の正面に座り、私の目をまっすぐに見たあの眼差し……。

この私を交渉相手と認識した上で、私から色好い返事を引き出させてみせるという強い意志を感じた。そんな子どもがいるだろうか。

今までろくに屋敷から出ることなく、他者と交流をしていない子どもなのに。親からも家庭教師からも何も教わっていない子どもなのに。

事実を理路整然と話すだけでも、それなりの訓練がいるものだ。

渡された資料はそれだけでなく、最終的な目標を達成するために必要な事項をどのような順で着手するのか、まるで物語のようなストーリー仕立てになっていた。

恐ろしいのは、きちんと数字で裏付けされており、単なる絵空事に思えなかった点だ。

「そんな怖い顔をする必要あります？　にっこり笑って座っていれば可愛らしい貴族令嬢だったじゃないですか」

ギヨームめ！　茶化さずにはいられないのか。

そういえば、彼女は一度もそんな風には——よく躾けられた貴族令嬢のようには笑わなかった。

いや、微笑みはしていたか。違う。ほくそ笑んでいたと言う方が正しい気がする。

本当に、およそ子どもらしくない令嬢だった。

私の同情を引くために、子どもらしく辛い心情を吐露するだろうと予想していたのだが、見事に裏切られた。

私に対して思いの丈をぶつけてきたが、それは言葉ではなく数字を根拠にした資料だった。

領地のシンボルとなる建物を建てたいという夢みたいな目標はまあ置いておくとして、領地を良くしたいという気概は十分感じられた。

「あと、このお菓子はマルティーヌ嬢が自ら試行錯誤の末に生み出した物らしいですよ？」

そう言ってギヨームは気に入ったらしい、しっとりとした生地のケーキをパクついている。確か『パウンドケーキ』と言っていたか。

それも美味しいが、私はこのサックリしたクッキーが気に入った。甘さ加減が絶妙なのだ。バターの風味も効いていて素晴らしく美味しい。

去り際に、「よろしければどうぞ」と持たせてもらった焼き菓子は、ギヨームと二人でほぼ完食しつつあった。パウンドケーキは四切れ、クッキーは十枚。五分と持つはずがない。

それにしても、これを自らの手で作ったとは……。マルティーヌ嬢には菓子作りの才もあるのか。

「いやあ、それにしても、久しぶりにがっつくリュドビク様を見ましたねー。マルティーヌ嬢も目が点になっていましたよ」

「うるさい」

……うるさい。

その失態については早く忘れたいと思っていたのに。

食べ物に執念を燃やしていたのは、子どもの頃の話だ。

「……あ。そう言えば、マルティーヌ嬢は学園に入学するまでは領地に滞在したいっておっしゃっていましたよね。お許しになるんですか？」

「そうだな。住み込みの家庭教師を見つけられれば、それもよかろう」

「そうなったら、途中経過を確認するために私がモンテンセン伯爵領に出向きますよ」

「……お前。自分の仕事が何か忘れているだろう。それに田舎は性に合わないんじゃなかったか？田舎娘に宗旨替えでもするつもりか」

「嫌だなー。ひどくないですか。そりゃあ素朴なお嬢さんも嫌いじゃないですけどね。私は洗練された遊び慣れている美女専門ですからねー。あと二十歳以下はお断り」

一緒に育ったはずなのに、ギヨームはいつの間にか華麗な女性遍歴を重ねている。確か上は四十代とも付き合った経験があるはずだ。

「リュドビク様もそんな顔をしないで、もっと気軽に遊ばれたらどうです？　別に全員が全員、公爵夫人になりたいなんて思ってる訳じゃないですよ？　あっちだって割り切ってますから」

「私の顔はどうでもいいだろう」

「あははは。確かに。それはそうと、そっち系も悠長にしていられませんよね？」

そうなのだ。いくらこれまで社交の場に出てこなかったとはいえ、女伯爵として社交を避けることはできない。

正式なものは後見人の私が対応することになるだろうが、それでも同席はさせるべきだろう。

領地持ちの伯爵となれば狙う輩は多い。

無菌状態で学園に行かせるのは心配だ。婚約者の選定については、早々に話し合う必要があるな。

やけに大人びた令嬢だが、そちら方面はどうなのだろうか？

◆・◇・◆

モンテンセン伯爵の後見人となる届出を提出したところ、すぐさま国王陛下から、「登城せよ」との命を受けた。

王城のプライベートサロンに通されたということは、正式な謁見ではないということだ。小言でなければいいが。

しばらくして国王陛下が入室された。いつもなら側にいるはずの王妃陛下の姿はない。

すでにご存じのはずだが、改めて私がマルティーヌ嬢の後見人になることを報告すると、「許す」とおっしゃった後、陛下からまじまじと見つめられた。

「そうか。お前がなぁ……」

国王陛下はいかなるときも決して感情を表に出されない。だが時折、こうして近くで相対するときなどに、子どもの頃に向けられた優しい眼差しで感情を伝えてくださることがある。

どうやら私が後見人を引き受けたことに、いたく興味を引かれたらしい。

常日頃より、「女性と、とは言わぬから、もっと他人と関わるように」と、浮いた噂一つない私《公爵家当主》を面白おかしく諭されていた陛下にとっては、「やっと忠告を聞いたか」と安堵されたのだろうか。

確かに私は必要最低限の社交しかせず、面倒ごとには極力関わらないようにしている。そんな私が縁もゆかりもない家の厄介ごとに首を突っ込もうとしているのだ。私自身が驚いている。

――いや、違うか。

「そういうことを言ったのではない」と落胆されているのかもしれない。余計な荷物を背負《しょ》い込む暇があったら、美しい花の一つでも携えろと。

「客観的に見て、私が適任だと考えたまでです」

「ふむ」

ひざまずいたまま、私もいつものように顔色を変えず、淡々と答えると更に陛下は続けられた。

「かの伯爵領は我が国の食糧庫の一つだ。国全体の十パーセントには満たぬが、それでも収穫量で言えば上から六番目。我が国は、この十年ほどは天候に恵まれ災害もなく飢えというものを忘れかけておるが……」

陛下は何かを問いかけるように口をつぐまれた。

陛下は、私の亡き父と従兄弟にあたる方で、幼い頃はよく膝の上に乗せてもらい可愛がってもらったものだ。

成長するにつれ、「臣下としての立場をわきまえるように」と、周囲が陛下に近づかせてくれなくなったのだが。

徐々に堅苦しく接するようになっていく私を、陛下は特段寂しがる様子もなく受け入れられた。つまり、国王と臣下。私たちはそういう関係なのだ。

そしてその頃から、陛下はこのように試すような会話をなさるようになった。

「しかと承知しております。どこに幸運に頼るだけの領主がおりましょうか。先代の伯爵は、どうやら領主としての責任を放棄されていたようで、モンテンセン伯爵領は十年以上もの間、時が止まっていたも同然です。多くの面で他領に後れをとっていることは明白です。ですが跡を継いだマルティーヌ嬢は、領主としての教育を受けていないにもかかわらず、そういう問題点をきちんと把握しておりました。先代が亡くなるまではタウンハウスに閉じ込められていたようなのですが、葬儀を終えてすぐに領地に入り視察をしております。先日の面談では、彼女なりの政策の提案まで受けました」

「ほう……」

おそらくマルティーヌ嬢については、ほとんど情報が出回っていないはず。ここは彼女の優秀さを陛下にも知っておいていただくのがよいだろう。

「まだ幼かったと思うが――」

「十二歳になったばかりです」

「まさか、まだ染まっておらぬのをいいことに、数年かけて自分色に染めようなどと――」

「オホン！」

少しわざとらしい咳払いになってしまったが、陛下に皆まで言わせる訳にはいかない。

私が遮るとわかっていただろうに、陛下はわざとらしく拗《す》ねた顔をされた。

……なるほど。私は陛下の退屈しのぎに呼ばれたのだな。

「どうか、モンテンセン伯爵領の経営については、マルティーヌ嬢の教育共々、私にお任せください。必ずや陛下のご期待に応えて見せます」

「あいわかった」

陛下は去り際に、「つまらんのう」と聞こえよがしに漏らされた。

これは、ちょくちょく経過を聞かれることになりそうだ。

「フランクール公！　いらっしゃっていたのですか」

こちらに駆け寄ってきそうなほどの元気の良さで声をかけてきたのは、立太子されたばかりのガイヤール殿下だ。

数年前までは光り輝く金髪を胸の辺りまで伸ばされていたが、なんでも令嬢たちに誉めそやされるのが嫌になったとかで、今は短く切られている。

たかが髪を切ったくらいでは、その見目の良さは少しも減りはしないだろうに。

事実、夜会で私が令嬢たちに囲まれているところに殿下が現れると、見事に視線を吸い寄せてくれる。お陰で私は楽にその場から逃げることができる。

ただ殿下の方でも令嬢たちを捌《さば》ききれなくなると、断れない王族からの要請として私を呼びつけ、自分たちの会話に無理やり加えてしまうのだからタチがわるい。

つまり互いに互いを風除けにしようと妙な駆け引きをしている間柄だ。王城で顔を合わせたからといって、立ち話をするような気安い関係ではない。

「これはガイヤール殿下。お変わりないご様子で何よりです」

「父上に呼ばれたのですか？　もしかしてあの伯爵の後見人の件ですか？」

王族たちがこぞって話題にするほどの話でもないはずだが、なぜこうも気にされるのだろうか。

「そうですが、よくご存じですね」

「ええ。とても可愛らしい当主だとか？　私は姿絵さえ見る機会がなかったのですけれど。私より三歳下らしいですね。いかがでした？　お会いされた感想は？」

まさか殿下にギヨームと同じ目線で水を向けられるとは……。

そういえば王妃陛下は、「王太子妃になる令嬢は王太子とあまり年が離れていない方がよい」とおっしゃっていたか。

殿下は令嬢たちとは幼い頃から茶会等で顔合わせをしている。おそらく、殿下の二歳下から同年齢までの令嬢たちに絞られているせいで、マルティーヌ嬢とは会っていないのだ。

「殿下がお会いされている令嬢たちを存じ上げませんので、マルティーヌ嬢を『可愛い』と評してよいのかわかりませんが、目鼻立ちは整っておりましたので可愛いと言って差しつかえないとは思います」

色々と思い返した結果そう答えると、殿下は呆れた表情で、「相変わらず堅いね」などとこぼされた。

陛下がおっしゃるような言い草で、少し癇《かん》に障る。

「『フランクール公が名乗りを上げられるなんて』と、母上は早速姿絵を求めて人を差し向けたようですよ？」

「……は？」

王妃陛下！　いったい何をなさっておられるのです！

「フランクール公は二十二歳でしたね。ちょうど十歳差かぁ」

何がちょうどなのかわからないし、王妃陛下が姿絵を求める意味がわからない。

「色々とお膳立てしてもらっているのに、いまだに婚約者を決められない私を、母上はものすごく残念な子を見るような眼差しで見てくるのです。本当にいたたまれない……。最近では、はっきり口にされることも増えてきたので、そういうときは『あんなに立派なフランクール公でさえまだ婚約されていない』と言うと黙ってくださるのです。便利な言い訳だし、勇気をもらえていたのですが……」

　そんな言い訳に使わないでいただきたい。それよりも——。

「王太子になられたことですし、私への敬語は止めてください」

「いえいえ。まだまだ若輩者ですから」

　そう言う割には、先ほど何気に失礼なことを言われた気がする。

　特に話はないようなので私の方から挨拶しようとしたが、殿下に先に言われてしまった。

「私から声をかけておきながら、なんだか独り言を聞いてもらってしまいましたね。お引き止めしてしまいすみません」

「いえ」

　黙礼をして、殿下が廊下の角を曲がるまで見送る。

「当分はフランクール公に先を越される心配はなさそうだなぁ」

　陛下といい殿下といい、この城に住む者たちは、なぜそうも聞こえよがしにつぶやくのだ！

第四章 いざ領地へ

tenseishita
watashiha osanai
onnahakushaku

無事に後見人問題が片付いてホッとしたのも束の間、ここタウンハウスでは領地への引っ越し作業に追われている————使用人たちが。

一方、私はといえば——。

ハグハグ、パクパク、モニュモニュと、甘い物を食べては横になるという生活を送っている。

素晴らしい。これぞ初志貫徹！

私の考案した（この世界ではそういうことになっている）パウンドケーキやショートブレッド、レーズンバター（サンド）は、アルマが完璧に作り方をマスターしてくれたので、好きなときにいつでも食べられるようになった。

前世の記憶を取り戻したときから、公爵との面談が終わるまでの異常な興奮状態が終わった今、ドックドックと流れ出ていたアドレナリンは、ようやく正常な状態に戻ったらしい。

その反動か、私は甘いものを食べては、ベッドの上かソファーの上でぐでぇと横になることが増えた。

公爵との面談が終わった後、レイモンが早々に領地に戻ってタウンハウス《ここ》にいないからできることだけど。

ローラはそんな私のぐうたらした姿を見て、最初こそ、「やっと子どもらしいお姿を見れました」と、微笑んでくれていたのに、さすがにそれがしょっちゅう続くようになると、ドニと二人して、「これこそがマルティーヌ様の地だったのかもしれない」と解釈したらしく、じとーっとした視線を向けてくるようになった。

まぁ、「お菓子でお腹を膨らませずに、ちゃんとご飯を食べてください」とか、「少しはシャキッと背筋を伸ばしてお座りください」とか、本当は色々と注意したいんだよね？

言ってこないのは、それは侍女の仕事じゃないから――というよりも、単純に忙しくて私に構う余裕がないからだよね。

私はいいんだよ、別に。放っておいてくれて全然構わない。

それより、横になって動かない私の護衛を真面目にやっているリエーフのことを思うと、ちょっとばかり胸が痛む。こんな私のために一日中立たせて申し訳ない。

公爵との面談の後、事務的な手続きやら社交上のあれやこれやは、彼が全て行ってくれた。ほんと素敵！　よっ、後見人！

まぁいくらレイモンが優秀だといっても長年領地に押し込められていて、貴族社会の最新の情報を持ち得ていないのだから仕方がない。

モンテンセン伯爵家の代替わりと後見人が設定された旨の挨拶状を、どの家に送るべきかなんて、私たちにわかる訳がない。

それに、伯爵としての私のお披露目も、私が未成年であることを理由に時機を見て、ということでバッサリ切ってくれた。ほんと助かる。

それでも厚かましくも訪問依頼をしてくる輩はいる。それらの手紙は、定期的に我が家にいらっしゃる公爵が持ち帰り対応してくれている。マジ、神！

――そう。あの面談の日以降、週に一度は公爵と会っている。ここタウンハウスで。

そのときばかりはさすがに私もやる気を見せて、立派な当主ぶって相手をしているのだ。

その姿はローラたちには嘘くさく映るらしく、感情を隠しもしないで呆れたような表情を浮かべている。

もぉ――。私の真の姿が公爵にバレるんじゃないかと、ヒヤヒヤさせられる。

ただ、訪問日時と共に当日出して欲しいお菓子を指定するのって、どう考えてもマナー違反だよね？

でもお世話になっている手前、そんなことは公爵には言えない。というか、なんだか聞いてはいけないような気がする。

あのチャラい従者に尋ねたところで、ヘラヘラとかわされるのがおちだろうし……。

そして当然のようにお土産を受け取って帰っていくんだけど。

最初の日、従者がお土産を片手に乗せて、「軽いなー」と言わんばかりに上下に振って見せたので、それ以降は両手でしっかりと持てるくらいの量を用意するようになった。

もしや、たかられている……？

私は最初、公爵は意外にも思いやりのある人で、公爵邸への訪問は私が緊張するだろうからと、公爵の方がうちのタウンハウスまで出向いてくれているんだと思っていた。

……違ったのかな？　まさかまさか、我が家のお菓子目当てじゃないよね？

――とにかく。具体的な話を詰めていく中わかったこと――それは、どうやら公爵が一番心配しているのは、私《マルティーヌ》の勉強の遅れを取り戻すことだということ。

領地経営とかじゃなくて！

なんでも、普通、貴族の子息令嬢たちは、学園の入学前に三年間の教養課程で習う内容は、ざっと一通り学習するものらしい。

……吐くかと思った。

嘘だと言って！　じゃあ何のために学園に通うの？

「もちろん社交に時間を費やすためだ。入学した後で勉強についていけないようでは、社交もおぼつかないからな」

と、公爵は侮蔑の表情を浮かべて言い放った。

さらっと予習をした上で入学し、勉強はそつなくこなしつつ、将来の当主同士としての社交を、いや、伴侶を探せっていうことでしょうか？

私が卒倒しそうになったのを見て、公爵も私の出来なさ加減に思い至ったらしい。一瞬だけ遠い目をした――ように思う。

「まさかとは思っていたが。本当に、母君が亡くなってからではなく、これまで一度も家庭教師をつけて勉強をしたことがなかったのか？」

イエス！

私がブンブンと首を縦に振れば、公爵は文字通り固まった。

マルティーヌ！　言われているよ！　あなたの十二年間を全否定されているよ――と他人のフリをしたかったけど、今じゃマルティーヌはすっかり私に融合されている。

「なんてことだ……」

やだ、怖い。そんな絶望的な感じを出さないでほしい。そして私を睨みつけないでほしい。

子どもの教育は親の義務でしょ？　それを放棄した親の責任だと思います。

「入学まで、あと一年と数週間しかないのだぞ。すでに優秀な人材は高位貴族に囲われてしまっているだろう……」

いや、そんなこと知りません。

「リュドビク様が暇なら、手取り足取り教えてあげられたのに残念ですね！」

明るい調子で、「ですね！」の部分を上げて笑っている従者――あ、名前はギヨームというらしい――を、公爵がギロリと睨んだ。

「王都を離れて住み込みで働ける家庭教師を探さねばならぬな。はあ……。君が領地でも毎日勉強を欠かさないと約束したから引っ越しを許可したのだが。もし領地で予定通りに学習が進まない場合は王都に呼び戻し、徹底的に鍛え上げるからそのつもりで」

え？　えぇぇ……。

入学までの一年の間に、入学後の三年間分を勉強するっていうのは――ちょっと無理な気がするんですけど。

「その様子だと、王立学園については何も知らないようだな」

「……はい」

全く以《もっ》て知りません。そんな話題、出たことすらありません。

「最初の三年間は全員共通の教養課程だ。主に領主、領主夫人に求められる役割やマナー、歴史、経済、数学、ダンスに基礎魔法。まあこんなところか。その後の専門コースについては――君は領主コースになると思うが――まあ入学してから検討しても遅くはない」

何そのカリキュラム？　なんか高校と大学と専門学校が混ざってない？

「詳細は家庭教師に任せるが――いやいい。こちらで選定した家庭教師とは、よくよく話し合ってから領地入りしてもらうので、君は領地で待っていればいい」

いや、ちょっと。できれば私にも事前に情報をください。心の準備が必要なので。

公爵はそのまま黙り込んだけど、なぜかお菓子を口に運ぶことだけは止めない。えぇぇ？

――結局。

「入学準備は二ヶ月前から始めるので、それまでには王都に戻ってくるように」

公爵にそう言われて、来年の秋の入学の二ヶ月前、つまり夏が始まる前にタウンハウスに戻ることが決まった。

そうして引っ越しには向かない真夏の今、私はお菓子を頬張りながら、住み慣れた屋敷に別れを告げようとしている。

✦・✦・✦

いかにも夏真っ盛りという日差しは、容赦なく馬車の中まで差し込んでくる。

暑い。ものすごく暑い。多分、日光よりも馬車全体に熱がこもっているせいだと思う。

黒に近い焦茶色の塗料のせいで熱を吸収しちゃうんだ。夏向けに白い馬車があるといいかもしれない。

あぁ、でもなぁ。このカラーと紋章は一体でモンテンセン伯爵のマークみたいなものだからなぁ。代々使っていたものは、おいそれとは変更できない。

そんなことを考えつつ、なんだかんだで二度目の旅程はあっという間に終わった。今回はゆったりと三日かけて移動したので、それほど疲れてはいない。

カントリーハウスに到着すると、前回と同様に使用人が総出で迎えてくれた。

うわぁ。これは何回見ても圧巻だな。

でも前回と違って顔馴染みもちらほらいるので、そこまでは緊張しない。よかった。面目が保てている。

「お帰りなさいませ、マルティーヌ様」

レイモンの安定感ときたら！　なんかもう、苦楽を共にしてきた仲間のよう。

「レイモン。今日から改めてよろしく頼むわ」

「はい、マルティーヌ様。我ら一同、誠心誠意マルティーヌ様にお仕えいたす所存にございます。王立学園にご入学なさるまでの一年間となりますが、マルティーヌ様がこちらにいらっしゃる間、つつがなくお過ごしいただけますよう最善を尽くしてまいります。ですが、もし至らぬ点がございましたら、すぐに私におっしゃってくださいませ」

あら？　レイモンが硬い。初対面みたいな言い方。どうしちゃった？　使用人たちの前だから？　あれかな？　私が今日から領主として正式に着任する、みたいな感じだからかな？　別にいいのに。

まずは休憩をすることになり、レイモンたちとは別れてローラとリエーフを連れて、前回と同じ部屋に入った。

思わず、「お！」とはしたない声が出てしまった。

なんか可愛らしさが増している。

私が「白とピンクが好き」と言ったせい？　カーテン以外のファブリックが白とピンクで統一されていた。アラサーの私には甘過ぎる……。

でも一応は労《ねぎら》ってあげるべきだよね。

「すごく可愛くしてくれたようね」

誰に向けたでもなく言うと、ローラが、「マルティーヌ様に喜んでいただけるよう、みんな頑張ったみたいですね」と、自分が褒められたかのように喜んだ。まぁこれで他の使用人たちにも伝わるか。

ベッドの上に大の字になりたいところだけど、さすがに無理。

「マルティーヌ様。お着替えなさいますか？　それとも先にお茶をお持ちしましょうか？」

うーん、そうだなぁ……。

「着替えるわ。もうここからは素の私で過ごすことにする」

「す？　すとは何でしょうか？」

「飾らない私本来の姿っていう意味よ」

ローラが、「また寝転がるのか？」とでも言いたげに訝しげな表情を浮かべた。

ちがーう！

「社交で見せる姿じゃなくて、家の中の私っていう意味だから」

もう口調が令嬢のそれではないけれど、ローラはそんな私にすっかり慣れてしまっている。

「当主として帰還に相応しいドレス姿をお披露目したからもういいの。動きやすいワンピースに着替えるわ」

「それでは、その前に湯浴みなさいますか？」

うーん。湯浴みって時間もかかるし、今お湯に浸かっちゃうと寝てしまいそうなんだよね。

「湯浴みは夕食前でいいわ。とにかく楽なワンピースに着替えてお茶をいただきたいの」

「かしこまりました」

ローラが荷解きをして、ワンピースを取り出す。

「すぐに皺《しわ》を伸ばしますので少々お待ちを」

「平気よ。今日からはそういうことを気にしないようにするの。ローラも慣れてちょうだいね」

ローラは数回目を瞬いたあと、「はい」と返事をした。

「お湯の代わりに温めたミルクで紅茶を淹れてほしい」とローラに伝えると、ケイトが見事なロイヤルミルクティーを作ってくれた。

一緒に添えられたお菓子は、お菓子というよりも菓子パンに近いものだった。前世で流行っていたシュトーレンみたいな。

ふーん？　これはこれでアリだけど。

もう二、三日すればアルマもこちらに到着するはずなので、いつものお菓子を食べられるようになる。

……あ！　いっそのことアルマはパティシエにしようか。ケイトを食事係にして分担した方がいいかも。うん。うん。これは本人たちに直に聞いてみるとしよう。

さてと。一息ついたところで頭の中を整理しなくては。

領地に引っ込む前に、公爵から色々と注文——『とにかく勉強しろ』——をつけられたけど、私は自分の掲げた野望を忘れてなどいない。

何故なら私は、ＣＥＯ兼ＣＦＯ兼ＣＯＯ兼、とにかく他にもいろんなチーフ何ちゃらオフィサーなのだから！

自分で立案して自分で決裁できるってスゴくない？

ソファーの上で私が背筋をピンと伸ばしたのを見て、ローラは私が休憩を終えたことを察したらしい。

「マルティーヌ様。家庭教師の先生は一週間後に到着される予定です。それまでの間に、こちらの内容を全て覚えるようにとフランクール公爵閣下からお預かりしております」

ちょ、ちょ、ちょっとー！　何を勝手に預かってきてんのー！

「こちらの――」と、ローラが掲げて見せたのは、この国の貴族名鑑。

――は？

もしやこれに記載されている内容を覚えろと？

――は？

「ねえローラ――」

「学園に入学される皆様は、入学前に全て頭に入っていらっしゃるそうです」

……ローラ。そんな無邪気な顔で悪魔みたいなことを言わないで。

仕方なく受け取った貴族名鑑をパラパラとめくってみる。

思ったよりもよくできていた。家名はもちろん、領地が苺形のどの辺りかも図で示されている。

当主だけは姿絵まで掲載されているし。もしや豪華版？　いや愛蔵版か？

違う違う。そんな考察はいい。巻末の家名一覧を見ると家の数が百を超えていた。

この国の貴族ってそんなに多いの？　ああ、一代貴族も掲載しているのか……。

「まずは領地持ちの家から覚えるようにとのご伝言です」

あっそ。

「マルティーヌ様。ドニの方が余程厳しく鍛えられているはずです。きっと今頃しごかれていると思いますよ」

ローラは私の機嫌の取り方が上手い。

そうなのだ。ご近所付き合いと称していろんな家のメイドや侍女たちとキャッキャウフフな生活を満喫していそうなドニだけど、なんと留守番（という名の情報収集活動）の傍ら、定期的にフランクール公爵家の執事に指導してもらうことになったのだ。

うん。我が国が誇る名家だもんね。絶対に厳しく指導されていると思う。まさに「しごき」。ふふふ。

他人の不幸を笑っている不埒な私にも神様は優しいらしく、天使の吹くラッパの音が聞こえた。

厨房からの使いで私の部屋にやってきた男性が、ドア越しに対応したローラにこう言ったのだ。

「マシューさんからマルティーヌ様へ、トマトが届きました」

トマト！　ふっふー！　トマト！　イェーイ！

――っと。落ち着け、私。

「まあ！　忘れずに探してくれていたのね。それはアルマが来てから調理する予定だから、しばらく保管するように言っておいて」

「かしこまりました」

✦・✦・✦

私は三日間、悶え苦しみながらも貴族名鑑ばかり読んでいた。

でももう限界。無理。

「ねえローラ」

「マルティーヌ様。レイモンさんからも、フランクール公爵閣下からも、くれぐれもよろしくと頼まれております。王立学園でマルティーヌ様が他家の方々に侮られるようなことがあってはならないと、それはもう、よくよく申しつかっております」

お、おう。

ローラが私の言葉を遮るくらいだもんね。みんなから相当言われたってことだね。

仕方がない。一応はやる気を見せて安心させてあげないとね。

「わかったわ、ローラ。私もモンテンセン伯爵として恥ずかしくない素養を身に付けたいと思っているの。ご指示通りに覚えることにするわ」

確かにこの世界で生きていく以上、今後必要となる知識だもんね。

やり始めればやる気は出てくるのだ。

私はソファーからデスクの方に移り、貴族名鑑を開いた。

……………………。

……………………。

……………………。

駄目だ。目も脳も無意識に拒否している。一文字も頭に入らない。

ローラに言われて、なんとか三十分くらいは真面目に頑張ったと思う。脳が若いだけあって、何となくは頭に入ってくる。そう、覚えられなくはない。

でも覚えづらい。ただ字面だけを覚えるのって、めちゃくちゃ大変。

この三日間で、意味のないことを暗記する領域は使い切ったらしい。もう容量オーバーで入らない。

なんというか、エピソードと共に脳の引き出しにしまいたいんだよね。こっちの新領域にかけるしかない。

私の勉強の邪魔にならないように、花瓶の向きを静かに直していたローラに声をかけた。

「ねえローラ。領地で働いている人たちって、他家の噂話を聞くことはあるのかしら？」

「噂話ですか？　いえ、聞こえてくるような話はあまりないと思います。私たちのようにカントリーハウスで働いていれば、レイモンさんから新聞の情報を教えてもらうことはありますが。王都にいれば違うのでしょうけれど」

そうだよねえ。平民たちには知るよしもないか。

王都の新聞は毎日早馬で届くけど、一日遅れの情報だ。これが情報格差というものなのかも。それに新聞には大したゴシップは載っていない。

「手を止めさせてごめんなさいね。ちょっと聞いただけだから」

「いいえ。そういえば、マルティーヌ様」

「なあに？」

「前から気になっていたのですが、使用人に簡単に謝られるのは、やはりお止めになった方がよろしいかと」

――!!

そ、そっか。子どもだけど領主だもんね。まぁその前に貴族なんだけど。やっぱり貴族って平民に対して謝ったりしないもんね。

色々と自覚が足りないわ、私……。

「ありがとうローラ。そうやって助言してもらえると、とても助かるわ」

「いいえ。差し出がましい真似をいたしました」

ペコリと頭を下げるローラの背後に、澄まし顔のレイモンが見える気がした。

さて。この会話はここまで。もうあとは似顔絵を頼りに想像を膨らませて覚えるしかないね。

例えば、このコブフック侯爵。頬が膨れている。コブ――ふふ。こぶとり爺さんだね。善い方か悪い方かわかんないけど。こぶとり爺さんのコブフック侯爵。

この童顔の伯爵はローリーボーだから、ロリ坊やでどう？

「ぐふぐふ」と不気味な笑い声が漏れちゃうけど仕方がない。こうでもしなければ頭に入らないんだもん。

でも、七日間で全部はやっぱり無理だよなぁ。

「うーん」と伸びをしてローラにお茶を持ってきてもらおうと思ったら部屋にいなかった。どこに行ったんだろう？

結構集中していたから彼女が出て行ったことにも気がつかなかったみたい。

呼ぶ？　この部屋から呼び鈴を鳴らせば、このマスターベッドルームから呼ばれたことがわかる仕組みになっている。

でもなぁ。なまじ前世の記憶があるせいで、こんな風に呼びつけるのは気が引けるんだよね。

これが以心伝心というものなのか、軽いノック音の後に、「失礼します」とローラが入ってきた。

「マルティーヌ様。失礼いたしました。真剣に取り組まれていらっしゃるようでしたので、下がる際にお声がけしませんでした」

「あら、いいのよ。気を遣ってくれてありがとう」

「先ほど厨房からマルティーヌ様にお聞きしてほしいと頼まれたのですが、お茶や食事について何かご指示はございますか？」

「指示？」

「はい。お召し上がりになりたいものとか。それと、アルマが到着いたしましたが、彼女はケイトの助手ということでよろしいのでしょうか？」

ちょ、ちょっと待って。確かに料理人の歴としてはケイトが上だけど。だからって上下の関係にするつもりはない。

「私が直接話した方がよさそうね」

「それでは私が先に厨房に行って、お二人を呼んでおきます」

お！　屋敷内での先触れ。まあ急に厨房に行ったら二人ともいない可能性だってあるもんね。

みんながゆとりを持って行動できるよう、ゆっくりと歩いて厨房へ向かうことにした。

ローラの、「マルティーヌ様がいらっしゃいました」という声で、厨房にいた全員に緊張が走った。

うーん……。私が厨房に顔を出すことに慣れてほしいなぁ。

「ケイト。アルマ。私がきちんと方針を打ち出さなかったせいで混乱させてしまったみたいね。悪かったわ」

そう言って二人の顔を見ると、揃って、「謝らないでくださいませ！」と返された。そうだった。ローラに言われたばかりなのに。

「料理人歴に差はあるかもしれないけれど、ケイトもアルマも厨房を一人で仕切っていたのだから、一人前の料理人だわ。だからどちらを上とか下とか、そういう序列をつけるつもりはないの。それよりも、まずは相手の得意な料理を互いに学んでほしいの」

「得意な料理ですか？」と、ケイトが不安そうに口にした。わかる。ただ食事の用意をしてきただけなのにって思っているんでしょう？

得意料理と聞いて、レストランの看板メニューみたいなものを想像したのね。でもね。チッチッチッ。違うのよ。

「ケイトの得意料理は、この領地の料理――ここで穫れる新鮮な野菜やチーズを使った料理ね。王都では扱えなかった食材もあると思うから、そういうものをアルマに教えてほしいの。アルマからは、私と一緒に開発したお菓子のレシピをケイトに教えてあげてちょうだい。最終的に二人ともが同じものを同じように作れるようになってほしいの。そうすれば、どちらかが病気で休んだりしても大丈夫でしょ？」

ケイトは安堵したみたいで、「はい。そういうことでしたら」と、やっと笑顔を見せてくれた。

アルマは逆に、「お菓子を開発されたのはマルティーヌ様ですのに」と恐縮している。

「とにかく、お互い助け合ってうまいことやってちょうだい」

……あ。何？　うまいことって……。

なんか前世のオジサンみたいな、いい加減なことを言っちゃった。そもそも貴族令嬢が口にする言葉じゃなかったわ。

「ええと。とりあえずは、食事はケイトが、お茶とお菓子についてはアルマが仕切る形でどうかしら？」

「はい。かしこまりました」

「仰せの通りにいたします」

ケイトとアルマも承知してくれた。これでひとまずオッケーかな。

「あ！　それでマルティーヌ様。このトマトをご所望されたと伺いましたが」

ケイトに聞かれて大事なことを思い出した！

きた！　とうとうきた！　キターー！

「ねえケイト。あなた、スパイスの調合は得意かしら？」

「スパイスですか？　使うことはありますが、調合？　はしたことがありません」

「まぁ普通はそうよね。アルマはいろんな組み合わせを試してみたりしていたわよね？」

「はい。色々と試すことが好きでして――」

アルマはおかしなことなのかと、周りの顔色を窺っているけど、いいのよ、いいの。実験は大いに結構。

「じゃあ、これはやっぱりアルマ向けね。アルマにはちょっと頼みたいことがあるから、他の皆さんは仕事に戻ってちょうだい。アルマ。ええと、そちらで話をしましょう」

カントリーハウスの厨房は夜会の準備ができるように、タウンハウスの厨房の三倍くらいの設備がある。

調理台となるテーブルも大中小と三つあったので、一番小さなテーブルにアルマと移動する。

「ねえアルマ。あなたはトマトを食べたことあるかしら？」

「い、いいえ。扱った経験もありませんし、食べたこともありません」

あら。そんなしゅんと落ち込まなくていいのに。この世界じゃポピュラーな食材じゃないみたいだから。

「じゃあ、今、食べてみましょう。これを洗ってからヘタを取って、くし形に切ってちょうだい。あ、薄くていいから」

「かしこまりました」

アルマはトマトを一センチくらいの薄いくし形に切ってくれた。ご丁寧にお皿に載せてフォークを添えてくれる。あっぶな。そのままつまんじゃうところだった。

アルマも私の前だと手摑みはまずいと思ったのか、同じようにお皿に載せたものをフォークで口に運んだ。

……酸っぱい。

これはちょっと、いや、かなり酸っぱい。うん。アルマも同じ感想みたい。

「生食向けでないことはわかったわね」

「はい」

「でも煮詰めて調理すれば美味しくなると思うの」

「はい……え？」

「これ、かなり酸っぱいでしょう？」

「はい。食用とは思えませんが――」

そうきたか！

「まあ。そうね。そうかもしれないけれど、これを食べている人たちがいることは事実だから食用で間違いないのよ？　でもこのままだと美味しくないから味付けをしようと思うの。煮詰めてドロドロの状態にしてね。まず酸味を和らげるために砂糖を入れないといけないわね。それに味付けといえば塩と胡椒。もちろん入れましょう。まずはここまでやってみてくれる？」

「はい」

アルマは思考を放棄して作業に集中することにしたらしい。

ドロドロというヒントから、彼女はザクザクと小さく切ったトマトを裏ごしして鍋で煮始めた。

素晴らしい！

そして塩と胡椒と砂糖を控えめに入れた。

私がうんうんとうなずくと味見をして、さらに砂糖と塩を入れた。うんうん。どんな感じ？

「マルティーヌ様。これは——これはなかなか面白いです。確かに煮て味を付けると美味しくなりそうです」

アルマがキラキラと目を輝かせている。

「私にも味見をさせて」

「はい。ただいま」

今度は小皿にスプーンを載せて渡してくれた。

お行儀よくサラリとしたスープを飲んでみる。うん。トマトピューレよりはケチャップに近いか？　いや、まだだな。

まだまだ薄いトマトのスープといったところだけど、これは期待できるかも。

全然、味がまとまっていないけど、もっともっと煮詰めて、これにスパイスでキリッと味を引き締めれば出来るんじゃない？

「いい感じね。このままトロトロに煮詰めてね。さっきスパイスの話をしたのは、これを煮詰めたものに、いろんなスパイスを少しずつ入れて、味の変化を調べてほしいからよ」

「これにスパイスを入れるのですか？」

「ええ、そうよ。色々と試して、これはと思うものが出来たら教えてちょうだい。そのときの配合割合も控えておいてね。たぶんローリエあたりは入れていいと思うんだけど、他にもこれに合いそうなスパイスがあったら遠慮せずに色々試してみてね」

「そんなにたくさん試してよろしいのですか？」

スパイスは高価なものだから、おいそれとは使えない。しかも、どんな味になるか試すために使えって言われると驚くよね。

「私がほしいのは、甘い中にも、ほのかに酸味を感じられるソースなの」

「ソース？　ソースとはどのようなものでしょうか？」

しまったー！　ソースそのものがなかったわ。

「あ、あのね。王都で見た文献に載っていたのだけれど、食材を煮詰めたトロリとしたものを『ソース』と呼ぶらしいの。それでまずは、生食に向かない食材を煮詰めて味を付けてソースができないか試そうと思ったのよ」

「さようでございますか……」

「そうなの。だから、これが一つ目のソースよ。これが完成したら他の食材でも試そうと思うの。まずはトマトのソース作りを頑張りましょう」

「はい。ではお言葉に甘えて、スパイスをいくつか調合して加えてみます」

「よろしくね。特に期限は決めていないから、色々と試してちょうだい。時々は私にも味見をさせてね？」

「はい。もちろんでございます」

よぉっし！　これで後は待つだけだ。頼んだよ、アルマ！

✦・✦・✦

あれからアルマは夢中でケチャップ作りに励んでいる。

前日に試したものの中から、お勧めのものを翌日の朝食に出してくれるようになって五日目だ。

そういえばアルマには味覚チェックを受けてもらったことがあるから、こういう実験を私の趣味だと思って受け入れてくれたのかも。

私の朝食は、日替わりのパンとハムとチーズとオムレツ。それとスープが定番と化している。

オムレツはもちろんアルマのソースを試すため。でも今日はひさしぶりにオムレツではなくハッシュドポテトをリクエストした。

ケイトも既にマスターしていて、問題ないレベルで私の好みを再現してくれている。

「どうぞ、お確かめください」

朝食と一緒にケチャップ候補を運んできたアルマが、私の顔を食い入るように見つめながら声をかけた。

そんな風に人に見られていると食べにくいんだけど、私が命じたことなので嫌とは言えない。

もったいぶるわけじゃないけど、朝はコーヒーを一口飲んでからパンを食べるというのが私の長年のルーチンなので、こればっかりは変えられない。まぁ今は紅茶なんだけど。

本当ならそこからハムとかチーズとかを食べて、空腹が緩和されて余裕ができたところで卵料理を食べたいんだけど、アルマの視線がうるさいので、ここ何日かはパンよりも先に卵料理を食べている。

マシューがかき集めてくれたトマトが、そろそろ底を突きかけているのだ。そのせいで、最近のアルマは鬼気迫る顔で私に向かってくる。ちょっと怖い。

でも、アルマは実に優秀だった。

彼女の感性は得難いもので、スパイスの調合だけでなく、すり下ろした玉ねぎを加えてみたりと独自の工夫もしてくれたのだ。

これは意外にもアリだったので、スパイスを入れる前のベースに採用することにした。

そしてスパイスもだんだんと用いる種類が決まってきて、その使用割合もほぼほぼ決まりかけている。

目の前には、三種のケチャップ候補が、それぞれ直径四センチほどの小さなココット皿に入っていて、スプーンが添えられている。

いつものように、まずはスプーンでケチャップそのものの味を確かめる。

左端のココット皿のケチャップを口に入れると、マイルドな甘さの中にほのかな酸味が感じられた。もうこれで合格にしていいレベルだ。

次に料理との相性をみるため、ハッシュドポテトに同じケチャップを添えて食べてみる。

……え？　ええっ!?　ちょっと！　ちょっと！　ものすごく美味しいんですけど！

いや、ケチャップも美味しいんだけど、このハッシュドポテト自体が、あり得ないくらい美味しい。

……え？　どうして？　ほんと、急にどうした？

なんだろう……味に深みが、知っている味が追加されている。何だっけこれ……。

「どうなさいました？」

アルマが突進してきそうな勢いで怖い。

「マルティーヌ様！」

アルマ、頼むから落ち着いて。

「アルマ。まずは一通り食べるから待っていて」

「は、はい。申し訳ありません」

こちらこそ、だわ。

とにかく私も落ち着こう。ハッシュドポテトの謎は後できっちり解明するとして、今はケチャップだ。

昨日のものでも完成にしてよかったレベルだけど、アルマがもう少しだけ配合の微調整をしたいと言うので、結論を今日に持ち越したのだ。

左、真ん中、右と順に食べたけど、最後の右のココット皿のケチャップ候補を食べたとき、私は脳内でマリオに変身して右手を突き上げて大きくジャンプした！

そう！　これっ！　これだっ！

「アルマ！　これよ！　これに決まりだわ！」

「マルティーヌ様！」

「あなたもこれが一番だと思ったんでしょう？」

そう。バレバレなんだから。

アルマはその日のイチオシを最後に食べさせたいらしく、いつも右のココット皿に盛っている。

私が左から順番に食べることに気がついていたのだ。

そして私が右のココット皿を手に取ると、いつも目を見開いて私の感想を待った。

「はい！　マルティーヌ様！　私もそれがこれまでの中で一番良い出来だと思います」

「この三種類は全部美味しいけど、何が違うの？」

アルマはパッと駆け寄ってきて、私の横に立つと、熱弁をふるい始めた。

「まず、三種類ともローリエとシナモンとクローブは同じ配合で入れています。真ん中のものには更にタイムを追加し、右端のものにはタイムに加えて赤唐辛子も入れてみたのです」

赤唐辛子か！　そこまでピリッとはしないし、言われないと気がつかない。まぁ言われても感じ取れはしないけど、いい仕事をしている。

「……とうとう出来たわ」

「マルティーヌ様、では――」

「ええ。これがソース第一号のケチャップよ」

「『ケチャップ』と名付けられるのですね。とうとう……。とうとう……」

「おめでとうアルマ。あなたが見つけた味よ」

「そんな……。そんな恐れ多いです。マルティーヌ様のご指導のお陰で……。ううぅ」

アルマは返事も途切れ途切れになり、ほろほろと涙をこぼして泣き始めた。

ずっと見守ってきたローラも、私の後ろでヒックヒックともらい泣きをしている。

やだ、ちょっと。私まで泣いてしまいそうだわ。

ハッ！　食い意地よ、ありがとう。

目の前のハッシュドポテトのおかげで冷静になれた。こっちの方も大事件なんだから。

「あ、アルマ。とりあえず、このレシピは我が領の宝よ。よってレシピの秘匿を命じます。開示していいのはケイトだけ。よろしくて？」

「はい。かしこまりました」

「それと。悪いのだけれど。厨房に行ってケイトを呼んできてほしいの。今日のハッシュドポテトについて聞きたいことがあるから」

「では早速呼んでまいります」

「ええ。お願いね」

あー、ドキドキする。ケイトもケイトなりに工夫をしてくれていたんだな。

ローラも、「はぁー」と大きく息を吐いて祝福してくれた。

「マルティーヌ様。よろしゅうございましたね。念願が叶《かな》ったのですね」

そう！　ずっとずっと思い描いていた願いが叶ったんだ。うんうん。飛び上がりたいほど嬉しい。

本当に人がいないところで思いっきり飛び上がりたいよ。

「そうだ。残りのトマトを使ってケチャップを作ってもらうから、ローラたちも食べられるわよ」

「え？　本当ですか！　私たちが食べてもよいのですか？　……ソースというのは、レシピを秘匿されるほど貴重なものなのに、よろしいのですか？」

ローラは喜んだくせに、すぐに侍女の本分に立ち返って真面目なことを言う。レイモンのせいだ。レイモンの中での侍女像をちょっと私寄りに変えてもらえないかな。こういうときは一緒に手を取り合って喜んでほしいんだけど。

まぁそれは一旦置くとして。

まずは領内の店舗に卸して反応を見て、よければ王都で販売したいな。やっぱり野菜の生産だけじゃなく、加工して付加価値を付けた商品を作ることが重要だよね。

瓶詰めにすれば運びやすいし、日持ちもするはず。一応、常温での劣化具合も確認すべきか……。

あ！　どうせなら瓶もオシャレなデザインで、うちの領地の特産品の顔にしたいな。

そうだ！　サンプルを公爵に献上しよう。絶対に驚くはず。商品を王都で売る手伝いをしてもらおう！

いや、その前に、公爵の領地でテスト販売させてもらった方がいいかな？

ケチャップの瓶を持って、「……ほう」と目を細める公爵の顔が目に浮かぶ。

ふっふっふっ。これぞ、『ジャパニーズ・トラディショナル・カルチャー』――『付け届け』。

どうも公爵の中で私の株は、地に落ちているというか、地面スレスレを這っているような気がするんだよね……。

勉強ができない分、イメージだけでもアップさせておかなくっちゃ。

あ！　トマト増産指令を出さなきゃ！

いや、待って！　トマトだけを全量買い取り保証はまずいか……。トマト農家だけを支援することになっちゃうもんね。

うーん……とりあえず後でレイモンに聞いてみよう。

私が小さな野望を胸に抱き、悪い笑みを浮かべているところに待ち人がやってきた。

「マルティーヌ様。ケイトがまいりました」

ローラが、「ぐふぐふ」と顔を歪めている私を現実に引き戻してくれた。

――いけない。妄想癖をどうにかしないと。

ドアを開けたローラの後ろで、悲痛な面持ちのケイトが深く頭を下げていた。

「マルティーヌ様。何かございましたか？　厨房で毒味を済ませておりますが、お味が悪うございましたか？　至らぬ点につきましてはお詫び申し上げます」

そういえば、ケイトをこんな風に呼んだことはなかった。

叱責されると思うよね。ごめん。ごめん。

「違うのよ、ケイト。ええと、とりあえず中に入ってちょうだい。わざわざ来てもらったのは、少し話を聞きたかったからよ。今日のハッシュドポテトがいつもと違ったから――あぁ、美味しいという意味よ？　いつも美味しいのだけれど、今日のは特別美味しかったから何が違うのか気になったの」

「ええと……」

もう。そんなに遠慮しないで。口ごもっていないで早く教えてよー。

「どうなの？　何か新しい工夫をしてみたのでしょう？」

「あの、いいえ。いつもと同じです――けど」

「え？」

「え？　あ、申し訳ありません」

いやいや。絶対に違うから！

「あなたは違いに気がつかなかったの？」

「ええと。いいえ。私が作ったものを自ら毒味する訳にはいきませんので。補助役の者に食べさせました」

「そうなの……」

部屋の中の空気が気まずくなった。私が思いっきり落胆したせいなんだろうけど。

「でもおかしいわね。いつもと味が違うのはどうしてかしら？　そうだ。まだ残っているから、あなたも食べてみて。アルマ。せっかくだから、あなたも一緒に食べてみてちょうだい」

ケイトとアルマは同じレシピで調理するので、二人が作るハッシュドポテトにそれほど差はない。

私が（大事に）食べ残していたハッシュドポテトを、二人は、「失礼致します」と断ってから、ひょいと手でつまんで口に入れた。

「ケイトさん。これ――。いつもと違います！」

「あら？　本当だわ。どうして？」

二人はようやく私の言っていることが正しいとわかったみたい。

「ね？　美味しいでしょう？」

「ですが、マルティーヌ様。私には本当に心当たりがないのです」

ケイトは眉尻を下げてため息をついた。

「ねえ。厨房にいた補助役の人を呼んでくれない？　もしかしたら、ケイトは知らず知らずのうちに何かを混ぜ込んだかもしれないじゃない？　肘がぶつかった拍子に何かが紛れ込んだりとか……」

「そんな！　そんなことは絶対にありません。そういうことがないように、厨房の整理整頓はきっちり行っていますし、調理中によそ見をしたりはしません」

「そ、そうよね」

確かに。私が言ったようなことが起こったらまずいかも。

不注意で変なものが料理に混ざる可能性があるなんて、許されないよね。軽はずみなことを言ってごめんなさい。

「とりあえず何か気づいた人がいるかもしれないから、補助役の人にも聞くだけ聞いてみたいわ」

「かしこまりました。それでは私が呼んでまいります」

ケイトは責任を感じているらしく、深々と一礼してから部屋を出て行った。

厨房でケイトやアルマの補助として働いていたのは、男性二人だった。結構な人数の食事を用意するとなると、食材を運ぶだけでも一苦労だものね。男手は欠かせない。

ケイトとアルマを含め、四人とも緊張で顔色が悪い。

さて。リラックスして話してもらうには、どういう風に水を向けたらいいのかな。使用人とざっくばらんに話せる関係作りってどうやるんだろう？

まずは、私が怒っていないということをはっきり伝えるべきだろう。なんの過失もないってことを先に伝えてあげないとね。

「あなたたち――」

「すみません！」

「俺のせいなんですっ！」

……は？

私は、「あなたたちの仕事ぶりをとやかく言うために呼んだ訳ではありません」と言おうとしたのに、いきなり補助役の男性二人が床に両手と膝をついて涙目で私を見上げた。

――は？　何？　この土下座スタイル……。

「マルティーヌ様。何か問題がございましたか？」

こっ、こらっ、ちょっ、待って！　リエーフまで入ってくるとややこしくなるから！

「違うの、リエーフ。なんでもないから。ちょっと誤解が生じているだけなの。あなたは部屋から出てドアを閉めてちょうだい」

「ですが。明らかにこの者たちは自分のしたことを反省して詫びているように見えます」

そうなんだけど。そうなんだけど！

誤解なんだってば！　はい、そこっ！　剣に手をかけて怖がらせたりしないっ！　イケメンが睨《ね》め付けたら迫力が増すだけだからやめて！

「だから今からその誤解を解くの。いいから、あなたは部屋を出て行ってちょうだい」

リエーフは心外だと言いたげに、口を一文字に引き結んで私に無言の返事をした。

もー。皆まで言わせる気？

「これは命令です。今すぐ、部屋を出なさい」

いやだなぁ。リエーフと喧嘩なんてしたくしないのに。

「リエーフ。大丈夫です。マルティーヌ様のことは私に任せてください。何かあればすぐに呼びます」

あぁローラ！　ありがとう。リエーフ。ほら、そんな顔をしないで言う通りにしてね。

「それでは私はドアの前に立っておりますので」

「ええ。心配してくれたのに嫌な言い方をして悪かったわ」

「いえ……」

はぁ。やっとリエーフが出て行ってくれた。

改めて厨房チームに視線を向けると、土下座したままの男性二人が揃ってビクンと反応した。

「あなたたち。とりあえず立ってもらえないかしら。そんな状態では話などできないでしょう？」

ちょっと言い方がキツかったかな？

だんだんと貴族っぽいしゃべり方を忘れてきているから、無理して話すと悪役令嬢みたいになっちゃう。

ローラが手を貸してなんとか男性二人を立たせてくれた。

本当は全員に椅子に座ってほしいところだけど、使用人の方が遠慮するだろうから、私一人ダイニングの椅子に座った状態で、全員を見上げながらしゃべるしかない。

「突然当主に呼び出されたら、何か失態があったんじゃないかって思うわよね。きちんと理由を言って来てもらうのだったわ。それも食後にね」

左からアルマ、ケイト、男性二人の順に立ち、四人とも、私の言わんとしていることを一言も聞き逃すまいと力が入っている。はぁ。

「今朝のハッシュドポテトは、今までと違って殊《こと》の外《ほか》美味しかったの。きっと何か新しい工夫をしたのだと思って、それを聞くために呼んだのよ。調理したケイトは、『何も変えていない』と言うけれど、近くにいたあなたたちなら、本人が気づかずにしていたことを何か知っているのではないかと思ったの」

「美味しかったのですか？」

「違ったと言うことなら――」

男性二人は互いに顔を見合って、モジモジしている。「ほら、お前が言えよ」「いや、お前だろ」みたいなことを、視線で交わしているのがバレバレ。どっちでもいいから早く言いなさいよ。

「調理補助というからには、ケイトの調理を手伝っているのでしょう？」

おそらく年上の方の男性が、「はい」と返事をして話すことにしたっぽい。

「材料を揃えたり、簡単な下ごしらえなどは私らもやります。それで、その――」

「今朝のハッシュドポテトの下ごしらえも、あなたたちが担当したのね？」

「はい。細かく刻むところまでは私たちでも出来るので。それで今朝もケイトさんに言われていつものように刻んだのですが」

そこまで言って、男性はまた隣を向いて、「どうする？　本当に言っちゃう？」みたいな顔をした。もぉー！

思わず睨みつけると、今度は若い方の男性が、「あ、あの」とおどおどしながらも、ようやく話してくれた。

「俺たち、あ、いえ。私たちはスープの下ごしらえもしていまして。それで、その。ジャガイモはスープの具材だと思って、乱切りにして他の野菜と一緒に煮ていたんです。でもケイトさんに、『ジャガイモはハッシュドポテトにするから』と、いつものように粗みじん切りにするよう頼まれて、あ、煮ちゃいけなかったんだと――その。急いで鍋から取り出して慌ててみじん切りにしたんです」

ケイトが「え？」と驚いた顔をして、それからものすごい形相で今にもつかみかかりそうになった。

年上の男性がケイトから庇うように、「スープでほんの少しだけ、本当に温まるよりも早く出したんで、問題ないと思ったんです」と、フォローした。

つまり。スープということは、ブイヨンに浸けたジャガイモを調理したということかな？

まあバレることはないだろうと、知らぬ存ぜぬでケイトに報告しなかったのは問題だから、後でケイトにコッテリしぼられるのは仕方ないとして。

でも、でも！　ブイヨンだったんだ！　くぅー。でかした！　よくやった！

あのハッシュドポテトに何か足りないと思っていたけど、それはブイヨンだったんだ！

ううぅ。もう気持ちは空高く舞い上がっている。椅子から立ち上がってジャンプしたい！

それにしてもなぁ。こんな風に生まれるのか。酵母の発見とかも確か偶然の産物だったよね。

私はみんなを置いてけぼりにしたまま、プルプルと両手を握りしめていた。

湧き上がる興奮に耐えて、なんとか椅子から立ち上がらないように取り繕っていると、ローラが低い声で鋭く言い放った。

「マルティーヌ様。二人がしたことはとても看過できません。勝手に自分に都合のいいように判断し、ケイトさんに報告をしませんでした。万が一が起こってからでは遅いのです。この件は、レイモンさんにも報告する必要があります」

あ、お怒りモードだ。

「そ、そうね」

「マルティーヌ様が召し上がるものなのに、あまりに軽率すぎです！」

「そ、そうね」

「私もお詫びいたします。レイモンさんのところへは私も一緒に行きますので」

うわぁ。ケイトもそんな怖い顔をするんだね……。

とりあえず、二人のお仕置きはレイモンとケイトに任せよう。

悪いけど、私はもうしばらくこの喜びを噛み締めていたい。

次からは――そうだなぁ。わざわざジャガイモをブイヨンで煮るのは面倒だから、ブイヨンをうんと煮詰めたものを刻んだジャガイモに混ぜるといいかも。

まぁやり方はケイトとアルマに任せるか。

あー、今日はなんて素敵な日なんだろう。ケチャップとハッシュドポテトが完成した記念日にしなくっちゃ！

✦・✦・✦

昨日やらかした厨房の補助役男性二人の罪が、『即刻解雇』に該当するとローラに聞いて、私の方が青くなった。

おそらくこの世界ではそれが常識で当然のことなのかもしれないけれど、前世の常識に引きずられている私は、どうしてもそれをよしとはできない。

うっかりミスだよ？　まあ領主が口に入れるものに細心の注意を払う必要があるのはわかるけど、調理工程が少し変わっただけで衛生的にどうとかいう問題じゃなかったはず。

情状酌量とか、良心に従って判断とかないの？

「ございません。不注意などでは済まされぬ罪です」

慌ててレイモンのところへ行って、解雇ではなく、せめて配置転換や減給等にできないかと相談したら、険しい表情でピシャリと撥《は》ね付けられた。

私の渾身の上目遣いにもびくともしないレイモン。

……嘘でしょ？　もう耐性ができちゃった？

でも、これって本を正せば結局は亡くなったゲス親父のせいでもあると思う。だって十五年間も領主が不在だったんだから。

ケイトたち厨房チームは、使用人仲間の食事しか作ってこなかった訳で。

「ねえ、レイモン。カントリーハウスで働いている皆は、領主に仕えるという経験が無い人も多いと思うの。そもそも貴族に接したことさえないのでは？　私という領主が来るに当たって、あなたが使用人たちに口を酸っぱくして注意してきたことは容易に想像がつくけれど、最初のうちは少しくらい大目に見てあげてもいいのではなくて？」

「使用人の教育不足は私の落ち度です。誠にお恥ずかしい限りです。確かに今回の件は、彼らだけに責めを負わせるのは間違いかもしれません。私も――」

「レイモン。オホン。あなたはよくやってくれているわ。間違っても自分を責めたりしないでね。とにかく、私が領地に来たばかりなのだから、いきなり大事《おおごと》にしないでほしいわ」

「……かしこまりました」

レイモンになんとか聞き入れてもらい、彼らは厨房での仕事が終わった後、一時間だけ外働きをすることで決着した。

期間も一月なら、繁忙期の残業のようなもの。割り増しどころか残業手当が出ないのが罰だね。

二人は私にとっては功労者でもあるので、穏便に済んでよかった。


そんな顛末《てんまつ》を思い返している私は、自室にあるソファーに座り、軽く目を閉じて精神統一を図っている。

ローラには、これは私が独自に編み出した集中力を高める方法なのだと事前に言ってある。だから目を閉じてはいるけれど、話は聞いている。

「マルティーヌ様。それは家庭教師の先生が来られるまで続けられるのですか？」

「ええ。もちろん」

「さようでございますか」

ローラが今どんな表情で私を見ているかは想像しない。想像して心を乱してはならない。

私が領地に来てから『一週間後』と予告されていた家庭教師の先生の到着は、予定より四日遅れるとの連絡が入っていた。

そのXデーが明後日に迫っている。今日と明日が終わったら先生は来領されるのだ。

それなのに、私はまだ見ぬ先生から課された『貴族名鑑の暗記』がほとんどできていない。教えを乞う前から落第が決定した落ちこぼれ生徒なのだ。

あの公爵が依頼した家庭教師の先生……。

きっと、公爵家が雇っても問題ないほどの偉いお方に違いない。もう会った途端、ボッコボコに叱られる予感しかしない。

だから気絶しないで立ち向かえる頑丈な心を、今のうちから構築しておかなければならないのだ。先生を前にしても無になれるように……。

目を閉じて深呼吸をしているのに、私の脳内では、ひっつめ髪の細メガネのオバ様が、鞭をピシピシしならせてキンキンと声高に叫んでいる。

涙目の私のすぐ横で公爵は私など存在しないかのように優雅に紅茶を飲み、レイモンからは軽蔑の眼差しを向けられ、ローラからも目を逸らされて——。

と、およそ「無心」とは程遠い妄想に神経を昂《たかぶ》らせていると、廊下からレイモンの声が聞こえた。

「マルティーヌ様。少しよろしいでしょうか？」

その声からは、幾分、緊張した様子が窺えた。何事？

「ええ。構わないわ」

もう、ローラってば。

ドアを開ける前に、小さく「はぁ」と、私のことを残念な子だと思ってため息をついたでしょ！

部屋に入ってきたレイモンは、一目で私が勉強をしていないことを察したらしく、「一日の過ごし方につきましては、後ほどご相談に乗りましょう」と、頼んでもいないことを請け負ってくれた。

「マルティーヌ様。しばらくの間、ケイトに休みを取らせることにいたしました」

「え？　どうして？」

「体調を崩したらしいのです。先ほど家人から連絡がございました。万が一にも人に感染する病気だといけませんので、大事をとって休ませます」

「休んでいればよくなるの？」

「ええ、まあ——。家人によりますと、それほど心配する必要はなさそうだとのことでしたので、マルティーヌ様がお心を痛める必要はございません」

そうなんだ……。

あれ？　そういえばこの前、「どちらかが病気で休んだりしても問題ないように」なんて言っちゃったけど、私がフラグを立てていた？

それとも、昨日のジャガイモ事件のせいで、ケイトは責任を感じて思い詰めちゃったのかな……？

それにしたって、何の病気かわからないまま、よくなるまで、ただ休ませるってこと？

「ねえ、レイモン。私が王都で熱を出したときには、薬師の方に来ていただいたでしょう？　うちの領地にも薬師の方はいらっしゃるのよね？」

「——いえ。昔はおりましたが、先代のご命令により、皆様、領地を出て行かれました」

「ええっ！　どういうこと?!」

アイツ《ゲス親父》めっ！　何してくれてんのよー。

「……それが。旦那様に収支報告をさせていただく度に、いつも、『——それで。私が自由に使える額はいくらなんだ？』と、尋ねられまして……。お答えすると、その額を著しく超えるような支出はなさりませんでしたが、そのうちご自身で削れる経費を探されるようになりまして……。護衛騎士も薬師も『不要』とのことで、放逐されてしまいました」

ぬぅおぉぉぉぉ!!

「じゃあ、病気になったらどうしているの？」

「長く滞在されていた薬師の方から簡単な薬草の見分け方を伝授いただいた者がおりますので、その者が薬師の方が育てられていた薬草畑を継いで管理しております。――と申しましても、切り傷と発熱くらいしか対応できないのですが……」

そんな最低限のものだけ？

じゃあそれ以外の、例えば頭痛とか下痢とか打ち身とか捻挫、とにかく日常生活を送っていて誰しもが普通に経験する病気や怪我には対応する術《すべ》がないってこと？

酷い。酷過ぎる。

「レイモン。それじゃあ具合が悪い場合は、薬草に頼ることもできず、自然に回復するのを待つしかないということかしら？」

「――さようでございます」

おのれゲス親父!! ほんっとうに許し難い!!

さすがに平民は高価なポーションを使うことはできないとは思ったけど、薬草すらも調合してもらえないなんて！

「免疫で治せ」だなんて、いくらなんでも原始的過ぎるでしょ。

「お父様は何もしないだけではなく、災いまでも領地にもたらしていたのね」

思わず口を衝《つ》いて恨み言が出てしまったけど、レイモンもローラも、「うっ」と言葉を詰まらせて懸命に表情を取り繕っている。

それにしても困った。ケイトだけじゃなく、今も領地のどこかで病に苦しんでいる領民がいるかもしれない。

「レイモン。将来のことも見据えて、薬師の方を領地にお呼びしたいわ。これって後見人に頼ってもいいことよね？」

「はい。もちろんよろしいかと」

「それじゃあ……。うちの領地に来てくださる薬師の方をすぐに見つけるのは難しいかもしれないけれど、とにかく探し始めていただきたいわ。それとは別に、臨時でよいので、薬草の指南をしてくださる方を派遣してほしい旨、フランクール公爵に連絡をしてちょうだい」

「かしこまりました」

こうなったら私が薬草の勉強をして、調合の指南を受けよう。

過程をしっかりと理解さえすれば、きっと私の成形魔法でパパッと調合できると思う。うん。絶対にそうしよう。

第五章

家庭教師のサッシュバル夫人

tenseishita
watashiha osanai
onnahakushaku

レイモンとそんな会話をした二日後。

公爵の用意した馬車に乗って、（来てほしい薬師じゃなく）家庭教師の先生がいらっしゃった。

はぁー。どうしてもテンションが下がっちゃう。

私が応接室に入ると客人の女性は優雅に立ち上がり、見事なカーテシーを披露した。

実物の家庭教師の先生は、全然、ひっつめ髪でも細メガネでもなかった。

優しそうな雰囲気を纏い、ほわほわとした笑みを浮かべている。

顔も体も丸っこくて、人を駄目にするクッションみたいなポヨヨンとした感じを漂わせていた。

「モンテンセン伯爵。お初にお目にかかります。ダイアナ・サッシュバルでございます」

「ようこそおいでくださいました、サッシュバル夫人。どうぞ私のことはマルティーヌとお呼びください」

サッシュバル伯爵家は数年前にご子息が継がれており、未亡人になられた夫人は、悠々自適な毎日を送っている――つまり暇を持て余しているのだと、公爵から聞いている。

「かしこまりました。マルティーヌ様」

夫人はそう言って上品に微笑むと、

「早速ですが、フランクール公からマルティーヌ様宛のお手紙を預かっております」

と、いきなり爆弾を落とした。

思わず、「げっ」と声が出そうになったのを、すんでのところで押し殺す。

互いに手を伸ばせばやり取りできる距離だけど、レイモンが間に入って夫人から手紙を受け取り、私の前へ銀トレイを差し出してくれた。

夫人が軽くうなずき、私に読むよう促す。

なんだか、この封蠟を最初に見たのが遠い昔のように感じる。

公爵の手紙は、貴族的な言い回しの挨拶から始まって、徐々に言葉尻が強くなっていく。

中身を要約すると、「一年という限られた時間の中で、夫人の指導のもと、王立学園で優秀な成績を収められるだけの学力を身につけよ」という命令書だった。

……はぁ。

とにかく勉学に励めと。もうちょっと甘い言葉を含ませてくれてもいいんじゃないかな。

読み進めていくと、恐ろしい表記にぶち当たった。

『まさか感情をそのまま表に出してはいないだろうな？　この手紙を読んでいる君の表情を、サッシュバル夫人はつぶさに観察しているはずだ――』

「……は？」

はぁぁぁぁーーっ!?

慌てて顔を上げると、にっこりと微笑んでいる夫人と目が合った。

表情どころか声を出しちゃったよ。何、このありがた迷惑なサプライズは。

公爵も人が悪い。そういうことは出だしに書いておいてよ。

「フランクール公からご事情は伺っております。一年あるのですもの。ご心配には及びませんわ。どうぞ私《わたくし》にお任せください。マルティーヌ様」

夫人は満面の笑みで、そう保証してくれた。

ふっじーん!!

それって、どういう意味ですか？　一年間、私に何をなさるおつもりで……？

という心の声も漏れてしまったらしく、夫人はニコニコと目を細めて更に不穏なことを言った。

「あら。マルティーヌ様は大人びていて、とてもしっかりした方だと伺いましたのよ？　まさかこんなに可愛らしいお嬢様だったとは。ふふふ。あぁ、いいえ。大丈夫ですわ。お子様扱いなど致しませんわ。ご要望はしかと承っておりますもの」

そう言って、「うふふ」と笑う夫人が怖くて、なんだか直視できない。

それに、『ご要望』って……？　公爵からのオーダーですか？

公爵の望む一年後の私って、私がどんなに頑張っても到達できそうもない遥かな高みにいる『夢の存在』な気がする。

そんな『ご要望』を夫人は真に受けたと……？

──困る。めちゃくちゃ困る！

ここは早めに軌道修正をしておかなくっちゃ。分数でつまずいている子どもに方程式を叩き込むようなことになるからね。

「サッシュバル夫人。最初に申し上げておかなければならないのですが。私、貴族名鑑の内容を十日間で十分の一しか覚えられませんでした」

とうとう言ってしまった。

わかっていただけましたか？　あなたがこれから相手にする人間のレベルを。

ずっと笑顔だった夫人の顔に、初めて驚きの表情が浮かんだ。

夫人は自分の胸に手を当てて、「ふぅ」と息を吐くと、「……よくわかりました」と、目を輝かせて何かを決意したように言った。

どうしてだろう……？

目の前にいるのはお淑《しと》やかなご婦人のはずなのに、なぜか関節をポキポキ言わせながらほくそ笑んでいるように見える……。

「自分の理想とする姿に実力が追いつくまでは、誰しも自信を失いがちになるものです。それでも強い思いが消えない限り、必ずや目標を達成することができますわ。決意を常に思い返すことが肝要なのです。もちろん私も協力は惜しみません」

……ん？　うーん？　すみません。ちょっと何をおっしゃりたいのかわかりません。

ここは、適当なセリフで逃げよう。

「ありがとうございます。大変心強く思います」

「荷物の片付けは今日中に終わらせてしまいますので、明日から早速、講義を始めましょう！」

夫人――。見た目と違ってアグレッシブなんですね……。

早速始まったサッシュバル夫人の講義だけど、二日目にして早くも予定が狂ってしまった。

なんと、薬師が我が領地にいらっしゃったのだ。公爵の手紙を携えて。うへっ。

公爵がこんなに早く薬師を派遣してくれるとは思わなかったから、マジで驚いた。

レイモンはちゃんと私の意を汲んで公爵に早馬で手紙を届けてくれ、そして公爵もまた優先順位をグッグッと上げて対応してくれたらしい。

そしてカントリーハウスにやって来た薬師を見てびっくり！

なんと、やって来たのは王都でお世話になったジュリアンさんだったのだ！

薬師の方が到着したという知らせを聞いて、私は居ても立ってても居られず、レイモンの制止を振り切ってエントランスまで出迎えに行ってしまった。

そこで現れたジュリアンさんを見て驚いたんだけど、向こうも「あ！」という顔をして、すぐに破顔した。

「ジュリアンさん。ご無沙汰しております。我が領地までようこそおいでくださいました。こんなに早く来ていただけるとは思ってもおりませんでした。お心遣いに感謝いたします」

本来、領主はこんな風に挨拶はしないものだけど、こちらがお招きしたのだから、私としてはきちんと挨拶をしておきたい。

それに、いつか連絡を取ろうと思っていた相手だしね。

「――！　モンテンセン伯爵。私のような者に、そのような丁寧なご挨拶をいただけるなど大変もったいないことで恐縮いたします」

ジュリアンさんは気の毒なくらいペコペコと頭を下げてくれた。かえって悪いことをしちゃったかも。

「ジュリアンさん。どうかもうそのくらいで。ここは王都ではなく田舎領地ですから。身分についてはそこまで気にしないでください。それにどうか、私のことはマルティーヌとお呼びください」

「ちっともよくない」と言いたげなレイモンだけど、私の言葉を否定するようなことは言わなかった。まあ後でチクリと言われるとは思うけど。

「レイモン。ジュリアンさんをお部屋に案内してさしあげて」

「かしこまりました。それではジュリアン様。どうぞこちらへ。ああ、お荷物はそのままで」

自分で運ぼうとしたジュリアンさんよりも早く、うちの使用人がカバンを手に取った。

レイモンの下で働いている人たちだからね。ほんと、みんなよく仕込まれている。

「あ、あの。薬草の苗も馬車から下ろしてもらったのですが、そちらは――」

「承知しております。裏の方へ回して保管しておきますので、ご指示いただけましたらすぐにお持ちします」

「そうでしたか。ありがとうございます。その苗はモンテンセン伯爵――マルティーヌ様と相談の上で植えさせていただきたいと思っています」

え？　今、『苗』って言った？　薬草の苗を持ってきてくれたの?!

✦・✦・✦

どんなに気がせいていても、悠然と構えてひとまずはお茶にお誘いしないといけない。もー、本当に貴族って面倒臭い。

仕方がないので、常備しているショートブレッドクッキーとフルーティーな紅茶で、ジュリアンさんをもてなすことにした。

彼が落ち着いた頃合いを見計らう間、私は彼から受け取った公爵の手紙をイヤイヤ開いた。

もう読む前から憂鬱《ゆううつ》……。

『君は自分のすべきことを正確に理解しているのだろうか。どうも私は君のことを過信しすぎたようだ。よもや君は、私と交わした約束を忘れてはおるまいな？　この一年間は学園への入学に備えて勉学に励むという約束を――』

はぁー。勉強しようと思っているところに、「勉強しろ」と言われると、途端にやりたくなくなるんだからね……。

公爵の恐ろしく整った顔がピキピキと凍りついていく様を想像して、手紙を放り投げたくなった。

『君に勉強を習慣づけるために、午前と午後の学習内容を時間単位で計画してもらいたいとサッシュバル夫人に依頼することにしたのだが、間違っていなかったようだ。君に厳守させることができるかどうかは、サッシュバル夫人の手腕にかかっているが――』

もー、嫌だー。夫人宛にも長文の手紙《指示書》を書いたってこと？

『とにかく。この一年間に君が注力すべきことは勉強だ。領地経営については家令に一任することで合意したはずだが、よもや忘れたとは言うまいな？　領地のことで何かあれば、私と家令とで対処する。そこに君の入り込む余地などない。それなのになぜ、薬草が必要だとか、調合を覚えたいなどという要望が出てくるのだ。人命に関わるかもしれぬ件だけに、今回だけは君の要望に応じて人を遣わすが、私が納得していないことだけは理解しておいてもらいたい――』

うげっ。まだまだ続いている……。

『君が領地で過ごすようになってから、そちらの家令からは定期的に報告を受けているが、肝心の君からの報告が一度もないのはどういうことだ。まさか後見人さえ決まれば後はどうでもよいと、私を都合よく使うつもりでいたのではないだろうな？　君が私の期待に応えられる人材だと判断したからこそ引き受けたのだが、どうやら君については認識を改めねばならないと肝に銘じているところだ――』

うわぁ。厳しい……。そして長い！　もう、ほんと長い。

随分とお怒りモードで手紙をしたためたみたいだけど、私、大丈夫？　ペナルティが科されたりしないよね？

それにしても公爵って、いったい私を何者に仕立て上げるつもり？

まぁきっと。公爵は完全無欠な完璧人間なんだろうな。そういう人には私みたいな怠け者の気持ちは理解できないよねぇ。

うーん、面倒臭い。何て面倒臭い人なんだ……。

言っていることは正しいんだけどね。ド正論だ。後見人の鑑《かがみ》なのかもしれない。きっとそうなんだろうけどねっ！

でも、『大目に見る』という寛大さを是非とも身につけてもらいたい。

引きこもりというか、幽閉されていたも同然の十二歳の少女に、どれだけのことを求めるつもりなの！

もし私がただの被後見人じゃなくて、公爵の実の娘だったら……。うわぁ。きっと、こんなもんじゃ済まなかっただろうな。

物心つく前から『英才教育』という名のもとに、非人道的な詰め込み教育をされていたかもしれない……。

「マルティーヌ様、先にお茶を召し上がられますか？」

問答無用で責め立ててくる公爵の手紙によって、プスプスと消し炭状態になった私を気遣って、ローラが優しい言葉をかけてくれた。

ありがとう、ローラ。味方がいてくれてよかった。

――というか私、領地に引っ込んでてよかった。

もし王都にいたら、しょっちゅう公爵に呼び出されて、面と向かって叱られていたのでは?!

やばっ！

「いいえ。大丈夫よ。そろそろジュリアンさんをお呼びしてもいい頃じゃないかしら？」

そうだ。そうだとも。彼の、あのほっこりした笑顔で癒されたい。

✦・✦・✦

　ジュリアンさんが応接室に入ってくると、ふわぁと部屋の空気が和らいだ。あー和むわぁ。

「ジュリアンさん。本当によく来てくださいました。長時間の馬車移動でさぞかしお疲れでしょう。まずはゆっくりお疲れをとってくださいね」

「いえいえ。私の体は頑丈にできておりますのでご心配には及びません。それよりも、病気か怪我でお困りの方がいらっしゃるのではないですか？　よろしければすぐにでもその方を診《み》させていただきますが」

　ジュリアンさん！　何ていい人なの！

　根っからのお医者様――あ、薬師様か――なんだなぁ。でも、ケイトはもうすっかり回復して明日から来られると聞いているし……。

「ジュリアンさん。幸いなことに一刻を争うような病人はおりません。ですが、我が領地には医師はおろか薬師の方さえ一人もいないのです。このような事態を放置していたことを、領主として心から恥ずかしく思います。すぐにでも、いざというときに対応できるよう、せめて薬草くらいは最低限、揃えておきたいと思った次第なのです」

　公爵の紹介ということは、我が家の問題などもあらかた聞いているはず。そう思うと我が家の恥についても隠さず話せる。

　ジュリアンさんは、「そうだったのですね」と青い瞳に安堵の色を浮かべた。

　なんだろう？　人柄かなぁ？　相変わらず優しい眼差しだわ。彼の瞳を見ているだけで癒しのオーラに包まれているみたい。

レイモンとも相談した結果、ジュリアンさんが持ってきてくれた薬草の苗は、半分を昔の薬師から受け継いでいる薬草畑に、残りの半分をカントリーハウスのすぐ近くにある森のそばの遊休地に植えることにした。

十分育った薬草は株分けの要領で増やしていけるらしいので、ゆくゆくは、その遊休地一帯を一大薬草畑にするつもり。ぐふふふ。

✦・✦・✦

翌日、午前のお茶の後、ジュリアンさんも新たな薬草畑の候補地に一緒に来てくれた。

なんと、「病人の世話がないのなら苗を植えるのを手伝いたい」と申し出てくれたのだ。

あなたは聖人ですか！

「ジュリアンさん。薬草を育てるのに適した土はどういったものになるのですか？」

「そうですね。なんと言っても水はけがよいことですね」

ほうほう。よく聞くやつだ。前世の母も言っていたような……？

母が名ばかりのガーデニングに使用していた土と同じでいいのかな？　赤茶けた小石みたいなのに腐葉土を混ぜていたんだけど……。

少し屈んでそっと地面に触れ、実家の土を思い出す。

「こんな感じでどうでしょうか？」

「ええ！　ええ！　申し分ありません。この土で大丈夫でしょう。なるほど……。マルティーヌ様は土魔法がお得意なのですね？」

うぉう！　危ないところだった。つい、いつもの調子でホイホイやっちゃった。

「そ、そうなのです。とても地味ですが、我が領地は農業が主産業なので、これでも何かと役に立つと思うのです」

それを聞いたジュリアンさんは、「地味だなんて！」と大きく目を見張った。

「土作りは大変ですから、私はマルティーヌ様が羨ましいです。私もそんな風に出来たらよいのですが――あ」

え？　何？　その表情？　年下の少女を羨ましいなどと、うっかり口走ったことを恥ずかしがっている？

もー！　ほんのりと頬を染めたジュリアンさんを近くで見られて眼福だわ。

ほんわかした雰囲気に、その恥じらうような表情がかけ合わさると危険かも。

ジュリアンさんは私から目を逸らして気持ちを整えたようで、私が変性した土を見てアドバイスをくれた。

「苗を植えた後は水やりを欠かさないことが大切ですので、しばらくは土の乾き具合を見て回る方がいらっしゃると安心かもしれません」

しばらく？　ふっふっふっ。そんなの専任の者を任命するに決まっているじゃないですか。

領主である私自らが苗を植えているのを見て、ジュリアンさんは驚いたみたいで、「子どもらしい純真な興味なのか。いや、領主としての姿勢を示しているということは逆に大人びているのか……？」などと独り言を言っていた。

全部聞こえていたけどね……。

それでも私と二人並んで植えながら、ジュリアンさんはものすごく丁寧に教えてくれる。

「これは葉っぱのまま四、五枚重ねて傷口を覆うといいです。刻んだりする必要はありません。一日に数回取り替えると傷口が塞がりやすくなります」

「そちらは痛み止めに使う薬草です。よく擂《す》って飲むのが一般的ですね。あと、花も乾燥させてお茶にして飲んでもいいです。効果は多少劣りますが」

「解熱にはこれを使います。意外なことに葉よりも茎の方が、それも根に近い方が解熱の効果が高いのです」

ジュリアンさんは薬草の効能だけでなく、加えると増幅効果があるハーブやハチミツ等の素材まで惜しげもなく教えてくれた。

薬草はすりつぶして患部にそのまま塗ってもいいし服用してもいいので、そういう情報はものすごく助かる。

「ジュリアンさん。そもそも、病気にかかりにくい丈夫な体作りや、病気になったとしても治りやすい《免疫を高める》体作りの手助けになるような薬草など、あるのでしょうか？」

ジュリアンさんは、ハッとした表情で手を止めて私を凝視した。

「マルティーヌ様は面白いですね。私の他にもそのような考え方をされる方がいらっしゃるとは驚きました。昔、そういう観点から、普段の健康状態の底上げができないかと研究をしたことがあります。明確な結果を示せなかったため中断することになりましたが……。何せ、被験者の感覚でしか説明できないので……。それでも、数種類の薬草を組み合わせて一定期間服用すると、ほとんどの方が、『調子が良くなった』と答えてくださったことがあります。その組み合わせはお屋敷に戻ってからお話ししましょう。割と大雑把な調合でも大丈夫なので、どなたでも出来ると思います。ああ、持ってきてない薬草が必要になりますので、そちらは後ほどお送りしますね」

ジュリアンさん！　助かります！　本当に助かります!!

免疫機能アップの調合がそんなに簡単に出来るなら、これは本当にありがたい。もう感謝しかない。

でも、でも――！

「ジュリアンさん。先ほどから薬草とその効能について色々とご教示いただきましたけれど、その――。お聞きしてよかったのでしょうか？　中にはジュリアンさんが研究された成果まで入っていたようでしたし。私、フランクール公爵ともジュリアンさんとも、何の契約も交わしておりませんが……」

いくらマルティーヌが世間知らずでも、この世界で医師は特別な存在で、薬師ですら、そうそう簡単に呼べる存在でないことくらいは理解していた。

前世でもそうだけど、この世界だって医師や薬師になるには、相当な時間とコストがかかることくらい容易に想像できる。

そうやって苦労して手に入れた薬草に関する知識を、タダで教えるという発想は普通はないはず。医師も薬師も、その知識は後を継ぐ息子や娘にだけ伝えるものじゃないのかな。

あれだ。一子相伝っていうやつ。

「ご心配いただかなくても、公爵閣下からはお許しをいただいています。マルティーヌ様には、私の知識を好きなだけ伝授してよいと」

ジュリアンさんが汚れのない柔らかな微笑みを浮かべて答えてくれた。

「それに、薬草に関する知識は秘匿するべきではないというのが私の持論なのです。もともと一人でも多くの人を救いたいために研究を始めたので、私が発見したことは一刻も早く世の中に広めたいと思うのです――」

聖人だ。本当に人を救いたいという、ただそれだけなんだ。

「私はラロシュ侯爵家の三男なのですが、婿入りも王宮勤めも嫌で、薬草の研究を続けるために家を飛び出した口なのです」

ひぇー。そうだったんだ。あーでもそうだね。その家柄でその顔なら、婿に欲しいって家は掃いて捨てるほどあるよね。

「教育を受けさせてもらった恩はあるのですが、これればかりは譲れなくて。話を聞きつけたリュドビク様が――リュドビク様は兄の学友で、我が家にもよく遊びにいらしていたので私も懇意にさせていただいていたのですが、あれこれと世話を焼いてくださって」

あら。「公爵閣下」から「リュドビク様」に呼び方が変わった。なるほど。親しい間柄だから、普段はリュドビク様って呼んでいるんだ。

「リュドビク様は屋敷に住まわせてくれたばかりか、私のために様々な薬草を取り寄せてくださったのです。そして薬草畑の隣には研究棟まで建ててくださいました。『医師や薬師を囲うことは普通のことだ。領民のために投資を行うのだから、礼など言われる筋合いはない』とおっしゃって」

へぇ。なんか意外――。

公爵って、ただの頭でっかちじゃなかったんだ。まぁそれは、私の後見人を引き受けてくれた時点でわかれよって話だけど……。

「研究助手も一人つけていただいたので、実験結果が出るのが早いです。領民の方々を診療する際に私の開発した薬草やポーションを試させてもらっているので、鑑定だけではわからなかった効果の違いなどもわかり、本当に助かっています」

それ、『治験』っていうやつっ！

「ですが、やはり研究結果を公開することはリュドビク様にも反対されました。私のそういう行為を疎ましく思う方がいるのはわかりますが……。リュドビク様には、『声高に反対するだけでなく実力行使にでる人間もいるだろう』と言われまして。穏やかじゃないですよね。私たちは人を救うことを生き甲斐にしているというのに」

いやいやいやいや。めっちゃわかる！　心の汚れている私にはわかる。

人を救うことを生き甲斐にしているのはジュリアンさんだけで、他の人たちは金儲けを生き甲斐にしているのです！

医学に関する知識を金儲けの種だと思っている人たちが大勢いる訳だから、そりゃあ反対勢力からしたら、何をしてくれてんだってことになる。

自分たちが独占していた知識の価値が下がっちゃうんだからね。

なるほどねー。公爵は慌ててジュリアンさんを庇護下に置いたのかもねー。

✦・✦・✦

いつの間にか私とジュリアンさんは、立ち止まって話し込んでいた。

気がつけば苗は使用人たちが見よう見まねで植えてくれていた。ははは。すみません。

「私もできることならジュリアンさんの研究所にお邪魔して、色々と教えを乞いたいのですが、この一年間は学園入学に備えて勉強をしなければならないのです。本当に、本当に残念でなりません。せめて一番簡単なポーションくらいは作れるようになりたかったのですが」

「そうだったのですか。あの、ですが——何というか、その——。薬草の調合もそうなのですが、特にポーションともなれば効果を鑑定する必要がありますので、鑑定の魔法が使えないことには難しいかと……」

えええっ！　鑑定？　鑑定の魔法が必要？

言われてみればそうかも。そうだよね。

前世の薬品みたいなものだもんね。調合した材料の微量の差で、効能に大きな違いが出てくるかもしれない。

私が鑑定魔法を使えたなら、成分ごとの微量の差を成形魔法で調整できたのになぁ。

うーん、残念。あー、残念！

私の野望は潰《つい》えてしまった……。くぅー。

もうあまりの無念さに膝から崩れ落ちてしまった。

「だ、大丈夫ですか？　その、私でよければ鑑定不要の簡単な薬草の調合をお教えいたしますが。ポーションでなくても、薬草の組み合わせ次第では高い効果を得られますので。鑑定が不要な調合もたくさんありますよ？」

「本当ですか？　それは是非、是非ともお願いしたいです！」

ジュリアンさん、優しすぎます。

「承知しました。それでは定期的にこちらにお邪魔させていただきます。一応リュドビク様にお話しして許可をいただいておきますね。なあに、元々好きなことをやらせてもらっているので、時々はこちらで研究したいと言えば反対されることはないと思います」

助かるー。ほんと助かるー。もう私からは絶対に手紙に書けないことだもの。

あー、それにしても。夢が膨らむわ。

薬草が成長して、領民たちに行き届くようになれば、病気や怪我で苦しむ人を減らすことができるはず。

全員を完治できるなんて思い上がったりはしないけど。

後は、必要なときに必要な調合ができるよう、うちにも研究所だか診療所だかを作りたいな。

ああでも、痛みがひどいと家から出られないこともあるか。そういう人たちからは一報をもらって――。


…………………。


一報？　どうやって？　病人はどうやって伝えればいいの？

連絡手段がないんじゃない？「ない」というか、決まっていない……？

病気だけの話じゃないかも。領地全体に情報を伝える手段って必要じゃない？　これは真剣に考えた方がよさそうだわ。

✦・✦・✦

ジュリアンさんが王都へ帰って行った。

悲しい。寂しい。――だけじゃない。これで一緒に過ごす相手が、必然的に一人に絞られてしまうのだ。

もう、「ジュリアンさんが」という言い訳ができなくなってしまった。

とうとうサッシュバル夫人と本格的に向き合うときがきたのだ。もう私に癒しはない。あるのは苦しみだけ……。

「マルティーヌ様。何やら馬鹿げたことをお考えですね？　サッシュバル夫人を避けることなどできませんよ。不可能です。もうお覚悟を決められた方がよろしいのでは？」

うぅぅ。ローラは最近じゃ本当に私の考えを正確に読むよね。

「随分と気落ちされているようで心配しておりましたが、そのご様子ならば大丈夫そうですね。今朝も朝食はしっかりとお代わりまでされて完食されていましたし」

しかも遠慮までなくなっている。

今朝の胡椒をきかせた厚切りベーコンは、めっちゃくちゃ美味しかったんだもの。

それに私のリクエストで、ケイトがパンの表面に胡麻を「これでもかっ」ていうくらいまぶして焼いてくれたからね。

そりゃ食べるに決まっている。

「昨夜、サッシュバル夫人から、『明日からは丸一日学習にあてられますね。九時の鐘から三時の鐘までは各科目の講義を、三時のお茶を挟んで夕食の支度をする前までは、マナーとダンスのレッスンをいたしましょう』と言われていましたよね？　そろそろ準備をいたしませんと」

なんということでしょう……。

前世と同じ九時六時のお勤め再開ですよ。そして予習復習という残業までも同じ……。

人類にとって十二という数字は普遍的に特別なものなのか、この世界も午前と午後を十二で分割した時間を使っている。

前世のような時計も魔道具として存在する。よくて三十分の目盛りしかないけど。

高価な魔道具を買えない平民向けに、午前六時から午後九時まで、三時間おきに鐘が鳴る。

十時と三時のお茶の時間も、昼食と夕食も、休憩ではなくマナー実践の場だ。くぅう。ジュリアンさんが滞在していた間は夫人も遠慮してくれたのか、和やかな雰囲気で楽しくおしゃべりしながら食事もお茶もできたのに……。

サッシュバル夫人は食べることが好きらしく、三度の食事も午前と午後のお茶も、本当に美味しそうに食べていた。

そして、口に入れたものは、ちゃんと「美味しい」と感想を言ってくれるので、そこは好感度(大)で嬉しかった。

休憩中の会話は和やかで、ただのお茶の相手なら言うことないのになぁ――というくらいには気に入っていたんだけど。

いざ講義が始まると、夫人は変身してしまう。

「あら、マルティーヌ様。歴史の理解度テストが八十五点ですわ。常に満点を取れなどとは申しません。むしろこの点数であれば普通は合格ですわ。ですが――。マルティーヌ様にとっては満足のいく結果ではないのですよね？」

……え？　どういう意味……？　まさか、この怠け者の私が、常に満点をとることを自分に課しているとでも？

いや違う。きっと、「常に満点を取ることを自分に課すくらいでなくて、どうするのです？」と言いたいんだ。

ぐぬぅうう。

だいたい徳川将軍ですら、せいぜい四、五人しか言えない私に、急にカタカナの人名とか国の名前は無理だって！

マルティーヌも全然覚えてくれていなかったし……。

……はぁ。

それにしても、こういう嫌味なセリフは、いっそのこと、どんよりとした眼差しで目の周囲に縦線が入っているような人に言われたい。そっちの方がまだマシ。

「あら！　今日は空が晴れわたっていて、暖かくて気持ちのいい日だわ！」とでも言っているような顔でそのセリフを吐かれると、逆にダメージが大きい……。

はぁぁ。

見た目はキツくて怖そうなのに、中身は意外と優しいという方が私的にはよかった。

見た目はほわんほわんしているのに、中身がエグいという方が地味に刺さる。

✦・✦・✦

「私は受験生じゃないのに」

部屋でローラと二人きりのときしか愚痴を言えなくなったのも辛い。

ジュリアンさんは一泊したけど、滞在時間で言えば二十四時間くらいだった。

それでも私は何かとかこつけて彼と行動を共にして、勉強時間が長すぎると不満をこぼしていた。

だってジュリアンさんは、「大変ですね」とか「ものすごく努力されていると思います」とか、否定せずに、とにかく慰めて励ましてくれたから。

「受験？　王立学園の入学に試験はなかったはずですが？」

ごめん、ローラ。いいから放っておいて。ただの独り言だから。

ローラは小さくため息をついて部屋から出て行った。

でもほんと、私は今や受験生の夏期講習のような状態に置かれている。どうして……？

それは私が驚くほど無知だということが、最初の講義でサッシュバル夫人に露呈したから。

夫人は学園で使用するという教科書を使って教えてくれているけれど、私がそれを読んでいるときは、私の視線が今どの文字を追っているかまで見ている気がする。ほんと怖すぎ。

――――なんてね。

わかってる。夫人が優秀な家庭教師だということは。

教え方はもちろん上手い。説明はとてもわかりやすい。

全ての科目を偏りなく教えられるってすごいことだと思う。きっと学生時代は全科目一位とかだったんだろうなぁ。

おまけに使用人たちにも丁寧に接してくれるし、社交も得意らしい。初対面のジュリアンさんとも会話が弾んでいた。

うん。自分でもわかっている。この夫人に対する感情は、とっても理不尽で八つ当たりのようなもの。

マルティーヌが幼い頃から夫人に教えてもらっていたなら、きっと良好な関係を築けていて、既に必要な教養がちゃんと身に付いていたと思う。

「あー。もー。公爵の理想が高過ぎるせいだと思うー。学園に入学したらそりゃあ、ちゃんと勉強を頑張るけどさー。私は学年一位を目指したい訳じゃないのにー！　それって後見人になった公爵のメンツだよね？　知らないよ、そんなのー！　ソフィアだってそんなに勉強している感じじゃないのにー。領地のことに口を出すとお小言くらうしさー。もぅぉぉぉ！」

部屋に一人きりだったから、ついつい令嬢言葉を忘れていた。

ただの独り言で、九時に夫人と会う前に、ほんの少し愚痴をこぼしただけのつもりだったし。

殴りつけたクッションも、後でちゃんと形を整えるつもりだったのに。

それなのに――。
ト、トン、トー――と、何かの合図のようなヘンテコなノックが聞こえた。
これって、ノックした人が動揺しているんだよね……？

それってつまり、廊下に人がいたっていうことだよね……？

今の、絶対に聞かれたと思う……。

「ど、どうぞ」

噛んじゃった。

あ。しまった！

反射的に、「どうぞ」なんて言ったけど、今の私、人に会える状態じゃなかった。

ストレス発散のために――絶対にそのせいだと思う――ソファーにうつ伏せに寝っ転がって、足をばたつかせていたんだった。

膝を引き寄せて座位に戻る途中で、ドアが開いてしまった。

間に合わなかった……。

立っていたのはローラだったけど、その後ろにサッシュバル夫人がいた。

はぁぁぁぁ!!

ドア越しに夫人に聞かれてしまったよ。絶対、絶対に聞こえていたはず!

屍《しかばね》と化す私……。

部屋に入ってきたサッシュバル夫人に、私は精一杯取り繕って、「どうぞお掛けください」と言うことしかできなかった。

ローラは何か言いたそうだけど、今は言えないという感じで唇を引き結んでいる。

夫人が一度も見せたことのない硬い表情で切り出した。

向かい合う私は、自然と背筋が伸びる。

「マルティーヌ様」

「はい」

「私は反省しなければならないようですわ」

「は――い?」

え？　何で？　反省すべきなのは私の方なのでは？

「私、大切なことを忘れておりましたわ。久しぶりに若い方のお役に立てると思い、年甲斐もなくはしゃいでしまっていたようですの」

　夫人は右手の人差し指でこめかみの辺りをトントンと叩くと、「はぁー」と深いため息をついて続けた。

「マルティーヌ様から直接お考えを伺うべきでしたのに。リュドビク様からお聞きした内容で、全て理解したつもりになっておりましたの……。もうすぐ講義が始まる時間ですが、今日はこのままお話を続けさせていただいてもよろしいでしょうか？」

　あっ、夫人も公爵のことを「リュドビク様」呼びするんだ。

　で……？　話の進む方向が見えないけど……。

「ええ。どうぞ」

　そう言うしかないよね。

　ローラはいつの間にか、お茶を用意するために部屋を出ていったみたい。

「……マルティーヌ様。私とマルティーヌ様との間には、どうやら学習の進め方について齟齬《そご》が生じているようです。私たちは話し合うべきだと思いますわ」

　……え？　お、おう。

　オッケー。ひとまず落ち着こう。顔を直して――と。よしっ。

「あの。それはどういう意味でしょうか？」

「私は、マルティーヌ様は王立学園に入学してからは常にトップで居続けられるよう、この一年間はこれまでの学習の遅れを取り戻すため、死に物狂いで勉学に励むおつもりだと理解しておりましたの」

……は？　な、な、何を、何で……？　私がいつそんなことを言った？

「マルティーヌ様には驚かされましたわ。学習すること自体が初めてと伺っておりましたから、学ぶ姿勢が身に付くまでは短時間で休憩を挟みながら進めていくつもりでしたのよ？　それがどうでしょう！　いざ講義を始めてみれば、一時間経ってもマルティーヌ様の集中は途切れることがございませんでした。最初の家庭教師の方のご指導の賜物なのでしょう」

「最初の家庭教師……？」

「ええ。私のような学科を教える家庭教師につくのは初めてかもしれませんが、読み書きや基本的なマナーを教わったのは、ナニーではなく家庭教師の方ですわよね？」

そう言われてみれば、そんな人がいたような……。その頃の記憶はあやふやで思い出せない。

それに、学ぶ姿勢に関しては、前世で、六、三、三、四と合計十六年間、徹底的に、『じっと座って黙って話を聞く』態度を叩き込まれているので！

「初日から受講態度は申し分なく、非常に真面目に取り組まれておりましたけれど、時折納得がいかないというようなお顔をされていたので、そのことがずっと気に掛かっておりました。先程の――オホン」

うへっ。私、顔に出てたんだ……。ものすごく失礼ですよね。

「とりあえず――。まずは、マルティーヌ様のお考えをお聞かせいただけますか？　この一年間に何をどれだけ学ばれたいのかを」

サッシュバル夫人の表情からも態度からも、「あなたの味方ですよ」という感じが溢れている。

包み込むような眼差しで見つめられると、背中を優しくさすられているみたいに感じる。

あぁなんだか、ずっと秘密にしていたことまで喋《しゃべ》ってしまいそう。

いや、別に――。サボりたいとかそういうことを打ち明けたい訳じゃなくて。

「サッシュバル夫人。お気を遣わせてしまったようで恐縮です。こんな田舎にまでお越しいただきましたのに、不甲斐ない教え子で申し訳ございません。私といたしましては、もちろん王立学園で優秀な成績を収められるよう、この一年間はしっかりと学びたいと思っております。ですが、その――。当主となったからには、やはり領地のことを考える時間も欲しいのです」

「うんうん」とうなずいてくれる夫人は、公爵とは違う考えなのかな？

「そうだったのですね。よかれと思って目一杯詰め込んだのですが、それはマルティーヌ様のお考えに沿ったものではなかったのですね。学ばれる当人の意思が最も尊重されるべきものですから、学習時間に関しては修正する必要がございますね」

え？　修正してくれるの？　それって、減らす方向で――ってことですよね？

「リュドビク様は、得てして言葉足らずのところがありますからねぇ……。こと、女性に関しては、その傾向が強目に出ることはわかっておりましたのに……。私、うっかりしておりましたわ。マルティーヌ様は自由な時間を増やしたいとお考えなのですね？」

「はい。そうなのです。領地経営に関しては、後見人であるフランクール公爵と家令のレイモンに

任せることになっているのですが、やはり気になりますので。フランクール公爵には、当主として恥ずかしくないだけの学力は身につけるとお約束いたしましたが、まさかここまで学習一色になるとは思っておりませんでした」

「そうだったのですね」

夫人は、「はぁー」と長いため息をついた。

そう。確かに、「頑張る」とは言ったけど。普通は、どれほど熱く語ろうと、人の気持ちや想いなんて半分伝わればいい方なのに。

まさか、公爵がそのまま額面通り、いや額面を通り越して受け止めてくれていたとは――恐るべし！

夫人が、ふと思い出したようにつぶやいた。

「ですがマルティーヌ様は、あの貴族名鑑を一週間で覚えようとなさっておられましたよね？　それなのに十分の一しか覚えられなかったと恥じていらっしゃって……。随分と厳しい目標を設定されていらっしゃったのだなと驚きましたのよ？」

えぇぇぇぇ！　どーいうことー?!

「それにつきましては、サッシュバル夫人のご指示だとばかり思っておりました。このくらいは出来て当然だとおっしゃりたいのかと。フランクール公爵も同じようにお考えだったのではないですか？」

「まあ！　私はマルティーヌ様がご自身でそのような目標を立てられたのだと思っておりましたわ。

そして達成できなかったことを悔しがっているのだと……。普通は、社交に必要な範囲を学園入学までに覚えるものですから」

はぁぁんっ!? 一年かけて覚えればよかったの!? しかも丸暗記とかじゃなくて?

もー!! 公爵め!!

「一週間で覚えろ」って何だったの?

――とにかく。夫人とちゃんと話し合えてよかった。

✦・✦・✦

サッシュバル夫人と二人でお茶を楽しんだ後、私は数学の理解度テストをまとめて受けさせてもらった。もちろん全てのテストが満点だった。

この世界の数学って、小学校の算数レベルだもん。分数の掛け算とか図形の体積とかね。

私の解答を見て夫人は、「まあ！ もう何もお教えすることがございませんわ」と、ものすごく驚いていた。

こうして、私は数学の講義の『卒業』を勝ち取った。ふふふ！

夫人が組んだ一週間の時間割は、やけに数学の時間が多かった。一日に午前と午後と二回入っている日もあったのだ。

基本は、午前に歴史と数学、午後に経済と裁縫（公爵からは聞いていなかったのに何故か入れられていた）なんだけど、裁縫は週に二回で残りの四回は数学になっていた。

この世界では、特に女性は数字と関わることが少ないから、苦手に感じる人が多いのかもしれない。

時間割から数学のコマがなくなったため、夫人に組み直してもらった結果、週に一日だけだったお休みが三日に増えることになった！

ふっふー！

第六章

公爵との三者面談

tenseishita
watashiha osanai
onnahakushaku

「フランクール公爵が、三日後にこちらを訪問されるとのことです」

午後のお茶の時間にレイモンからそう報告を受けたとき、私は、「ふっふっふっ。付け届けが効いたんだな。直接お礼を言いたいほどに！」と、内心でガッツポーズをしていた。

ケチャップに衝撃を受けたに違いないと。

それから三日後、公爵がカントリーハウスにやって来て仏頂面で挨拶を交わしたときも、まだ、「相変わらず堅いなぁ」などと悠長に構えて、「格好つけていないで、素直に『もっと食べたい！』って言えばいいのに」と思っていた。

「君はいったい何を考えているのだ？　やはり手紙に書いただけでは伝わらなかったのだな……。その顔を見るに、私がやって来た理由もわかっておらぬようだな」

——公爵に厳しい表情でそう言われるまでは。

え？　え？　嘘でしょ？　見た目通りに機嫌が悪いの？

……は？　なんで？

ケチャップを食べて、あまりの美味しさに、「来ちゃった！」——じゃないの？

私が自分勝手な妄想のせいで愕然としていると、

「まあ、リュドビク様。お手本となられるべき後見人のあなた様がそのような態度とは——。それはちょっといただけませんわよ？」

と、サッシュバル夫人がやんわりと諭してくれた。

ふふふ。応接室で公爵をもてなしているのは私だけじゃない。今じゃ味方となった夫人も一緒なのだ。

夫人てば、味方になるとこんなにも心強いんだ！

どうやらギヨームも夫人とは顔見知りのようで、いつものニヤケ顔を封印して真面目な従者ぶっている。

「本来ならば王都にいる間に、こうして三人でお話をするべきでしたけれど。まあ急な話で予定が合わなかったのですから仕方ありませんわね」

公爵は、明らかに雲行きがおかしいと感じているみたいで、何やら警戒している素振《そぶ》りだ。

「どうやらマルティーヌ嬢は、勉学以外に心血を注いでいることがあるようですが。学習状況に懸念すべきことはないのでしょうか？」

公爵の突き放したような物言いに、夫人がすぐさま反撃した。

「マルティーヌ様は非常に優秀な方ですわ。意外にも数字に強くていらっしゃって……。というよりも、おそらく数学に関しては天賦の才能をお持ちですわ。経済学についても理解が早いですし、ご心配には及びませんわ」

「あの報告は大袈裟ではなく真実だということですか。にわかには信じ難いのですが」

ムッ！　失礼な。

「王立学園入学後はきっと才媛として名を馳せることでしょう。気掛かりな点といえば、絵画や音楽についてですね」

公爵はうんうんと同意して、私の未来の休日を潰す案を述べた。

「絵画や音楽となると、王都でなくては難しいと考えております。マルティーヌ嬢が入学に備えて王都に戻ってから、私の方で別途考えます。学園入学後の週末を利用すれば、デビューまでには何とかなるでしょう」

「それとダンスですね。私の方でも、学園での授業についていける程度には教えられますけれど。デビューに向けては専門の方にご依頼されるべきでしょう」

「それについては私も同意見です」

私抜きで保護者二人が盛り上がっている。嬉しくない方向に盛り上がっている。

ちょっと脱線していない？

「あまり詰め込みすぎなくてもよいのでは？」と、夫人から公爵に話してくれるんじゃなかったの？

私のすがるような視線で、やっと夫人は思い出してくれたらしい。

「コホン。まあとにかく、マルティーヌ様の学習は順調ということです。それよりも、私が問題だと感じたのはリュドビク様の方ですわ。後見人として、もう少しマルティーヌ様に寄り添って差し上げてもよろしいのではなくて？　領主として自領に戻ったのですもの。領地のことが気に掛かるのは当然のことですわ」

そうだ！　そうだ！　矢印を自分の方に向けてください。

公爵にしてみれば、苦言を呈される相手が自分だなどとは思いもよらないことだったのだろう。

彼は驚いた表情で動きを止めた。

――――そう。

公爵は会話をしながらも、合間合間にパウンドケーキをせっせと口に運んでいた。

私にとってはもう、すっかり見慣れた動作だけど、サッシュバル夫人の目には絶対に奇異に映っていたはず。それを表情に出さないところはさすがだ。

まぁ公爵の所作が死ぬほど美しいから気にならないっていうのはあるけれど。

確か公爵の到着は一時過ぎくらいだったから、昼食を食べていなかったのかもしれない。

――あ！　いいこと思いついた。

ふふふ。

ローラにそっと目配せをして呼び、あることを頼んだ。

「だが君は、『一年間死に物狂いで勉強する』と言っていなかったか？　『王立学園で恥ずかしくない成績を収める』のだと？」

公爵は矢印をそのまま私に向けてきた。

うん？　まぁ言ったかな……？　言ったかもね……。そりゃあ、「頑張ります！」くらい、誰でも言うでしょう？

どこまで頑張るかを、自分基準で考えないでください――と言いたい訳で。

突然、公爵に話題を振られて答えに窮していると、またまた夫人が助け舟を出してくれた。

「そういえばリュドビク様。マルティーヌ様に、『貴族名鑑を一週間で暗記するように』とおっしゃったのですって？　確かにリュドビク様は一代貴族に及ぶまで覚えていらっしゃるかもしれませんけれど。それでも領地の特色や代替わりの経緯などを覚えるのに一月はかかっていらっしゃいましたわよね？　まあ、十歳の子どもにしては出来過ぎでしたけれど……」

へー。そうだったんだ。

っていうか、夫人と公爵っていつからの知り合い……？　どういう間柄なの……？

「まさか、ご自分ができにならなかったことを他人に強いるなど――」

マナーにうるさい公爵が珍しく夫人の言葉を遮った。

「そのように思われていたのでしたら心外です。最低限、上位貴族については学園入学前には覚えておくべきですし、普通の十二歳であれば既に頭に入っているはずのものです。もちろん私だって、マルティーヌ嬢がたかだか一週間で覚えられるなどと考えていた訳ではありません。ただ、最初から一年かけて覚えればよいと楽な目標設定をしてしまえば、甘えが出てしまい往々にして達成し損なうものです。無理だと思うくらい厳しい目標を設定する方が、未達であっても遥かに多くのことを習得できるというもの。言わば、後見人としての老婆心のようなものです。まあ確かに、一週間というのはさすがに無理がありましたが」

ぐぬぅぅぅ。何だそれ?!

夫人が言っていたように、公爵は圧倒的に言葉が足りない。ほんと、これに尽きると思う。

明日できることは明日以降にやる派の私に、なんて無体なことを……。

彼とはタウンハウスであんなに何度も会っていたというのに、全く以て意思の疎通ができていなかった。

これは猫を被っている場合じゃないかも!?

この辺りで私も何か言っておかなくっちゃ、と思っていたら、ノックと共に待ちかねたローラの声が聞こえた。

「失礼致します。新しいお茶をお持ちいたしました」

キターーーー!!

ローラが、運んできた例のモノをテーブルに並べている間、レイモンが全員のお茶を取り替えてくれた。

ふっふっふっふっ。あー、この匂い!　それとケチャップ!　ふっふー!!

ついに公爵にお披露目するときがきたんだ。

フライドポテトを!

どうやらケチャップでは攻略できなかったようだけど、そんな公爵でも、フライドポテトには屈するはず!

私は、「ぐふふ」という笑い声を抑えて、顔が歪まないように気をつけながら、細長いフライドポテトに上品にフォークを刺して、ココット皿のケチャップを先端に付けた。

そして、公爵によく見えるように――公爵は私の真向かいに座っていたから――気持ち公爵の方に腕を伸ばして、「これはフライドポテトというもので――」と、高らかに、その名を発表しようとした。

――――しようとしたんだけど……。

私が口を開くよりも早く、公爵は体を前のめりに倒して、ケチャップが付いている先端にパクリと食いついた。

――――――――――――は？

今――何が起こりましたか？

何か――起こりましたか？

気のせい？　幻？

私の手の先にあるフォークには、三センチほどのフライドポテトが刺さっている。

でも――。

その先にあったはずの、もう三センチほどのフライドポテトがない。

ケチャップが付いていた部分だけが無くなっている。

「うぇっ?!」

摩訶不思議な現象が起きたので、おかしな声が出るのも仕方がないと思う。

「まぁ……！　うふふふ。おっほっほっほっほっ」

サッシュバル夫人が声を上げて笑っている。上品に扇子で口元を隠しているけれど、堪えきれずに肩を揺らしている。

ギヨームはもっと酷い。

ビシッと立っていなきゃいけないはずなのに、お腹を抱えて、「あっはっはっ」と主人のことを笑っている。

……あれ？　でも――ということは。

幻覚じゃなかったんだ。

向かいに座っていた公爵が身を乗り出して、私の差し出したフライドポテトにパクッと食いついたんだ……。

え？　マジで？　マジでぇぇぇーー!?

「……申し訳ない」

公爵が目線を右下の方に逸らしたままつぶやいた。

……申し訳ない？

……は？　……え？　……ちょっと。

私――どうしたらいいの?!

笑い疲れてヒクヒクと震えているギヨームは、サッシュバル夫人の前だというのに調子に乗っておどけた。

「だ、駄目ですよ。ククク。美味しそうな食べ物をそんな風にリュドビク様に近づけては。馬の鼻先に人参を近づけたらどうなるか、ご存じでしょう?」

な、なんか、すごい言われよう……。馬って……。

その点レイモンは偉い。壁と一体化するべく息を殺している。

それにしても……。

あの公爵が愕然と気落ちして、うつむいている。

うわぁ。耳たぶが真っ赤だ……。

この人がパクッと——。私の手からパクッと——。

思い返すと、ものすごく貴重な体験だったような……。

うなだれている姿は何とも愛らしい。叱られた大型犬みたい。

あれだな。ツヤツヤサラサラの髪の毛はウチで飼っていたゴールデンレトリバーを思い出す。公爵と違って薄い金色の毛だったけど。

夫人はギヨームにキツめの視線を投げかけてから、二種類あるうちの、細長い方のフライドポテトをフォークで刺して、ケチャップを軽く付け二センチほどを口に入れた。

「まぁっ！　この細長い形のものは初めて食べたのですが、美味しいですわね。このカリッとした食感は癖になりそうです……。味は昨夜の付け合わせに出された、こちらのものと同じなのですね」

そう。昨夜は、サブウ〇イのポテトのようなコロコロっとした形のものを出したのだ。

夫人は今の数倍のテンションで絶賛してくれたので、多分、ホクホクしたのが好みなんだと思う。

フライドポテトって、ホクホク派とカリカリ派に分かれるよね。

フライドポテトについては試作の段階で、ケイトが色々な太さのものを作ってくれたんだよね。

今のマイブームは五ミリ角の超カリカリ食感だけど、リクエスト次第で、七ミリでも一センチでも作ってもらえる。

あぁー。それにしても——。

ポテトときたら、やっぱりハンバーガーだ。

うぅーーん！　食べたい！　私がこよなく愛したバーガーたちよ！

今頃どんな進化を遂げているんだろう……。

私がいないところで、どれだけの限定バーガーが世に出ていったんだろう……。

あぁー悔しい！　食べたい！　めっちゃ食べたい!!

ハンバーガーの、あの絶妙な味付けはこの世界じゃ再現できないもんね。くぅぅーー。

あ！　オニオンリングならいける！　今度絶対、作ってもらおう。

――――――と。

やってしまった。妄想世界へのダイブ。

この屋敷の主人として、これ以上公爵に恥をかかせないよう、うまいこと、この場を収めなくっちゃ。

あー、それからせっかくだから成形魔法の相談もしておきたいんだった。

早いとこ厨房チームに、せめてピーラーくらいは作ってあげたいんだよねー。

「サッシュバル夫人。私も自分の考えをきちんとフランクール公爵に伝えるべきだと気づきました。せっかくですので、この場できちんと話し合いたいと思います」

ここは、「何も起きなかった」という体《てい》で、公爵に一つ貸しを作っておこう。

夫人はすぐに、「公爵と二人きりで話し合いたい」のだと理解してくれて、

「ええ。ええ。それがよろしゅうございますわ。それでは、今日のこの後の講義はお休みにいたし

ましょう」

そう言って部屋を出て行ってくれた。

公爵は厳しい表情で黙している。

うーん？　その見た目って、ほんっとに読めない。

もう、いつもと同じ――つまり立ち直ったたってことでオッケー？

「ええと。領地経営のことですが。お約束した通り、積極的にあれこれと口を出すような真似はいたしません。ですが――それでも気になったことや改善提案などは、お耳に入れることを許していただけないでしょうか」

「……そうだな。確かに君が領主なのだ。まだ未成年とはいえ、後見人の分際で出過ぎたことを言ってしまったと私も反省している。君が成人するまでは現状維持ができればよいと考えていたが、そんな後ろ向きではいけないな。君の領地だ。領地を良くしたいと考えるのは当然だ。まずは家令に相談してくれたまえ。彼ならば必要に応じて私に連絡を寄越すだろう」

「はい！　ありがとうございます！」

ではこれで話は終わったな、と公爵が立ち上がろうとしたので慌てて続けた。

「――それと。本当はもっと早くご相談すべきだったのですけれど」

む！　と公爵が眉を寄せた。

そんな、警戒しないでくださいよ。

「実は、私の固有魔法のことなのですが」

「君の固有魔法……？　確か、土魔法だったと記憶しているが」

「はい。公にはそうです」

「公には――だと？」

怖い。怖い。怖い。忌々《いまいま》しそうな目で、まなじりをひくつかせるのは止めてください。

「はい。母から決して他言しないよう言われていたものですから。ですが――。やはりフランクール公爵閣下には知っておいていただく必要があるかと思いますので」

「土魔法ではなかったということなのか？」

「いえ。土魔法も普通に使えるのですが、それ以外にも少し変わった魔法が使えるのです」

「変わった魔法？　いったいどこが変わっているのだ？」

うーん。言葉では説明しづらいんだよね。

仕方ない。やるしかないか。

私が急に立ち上がったので、公爵を驚かせてしまった。

ギョッとした彼に近づき、「失礼いたします」と断ってから、袖口をつかんでスーツをイメージした。

「ええっ!!」

ギヨームの大きな声が響いた。

従者ならもっと自重すべきじゃないの？　いいのかそれで？

さすがに公爵は自分の服装が変わっても、ぎくりとした表情を見せただけで奇声など発しなかっ

た。

「何なのだ、これは？　どういうことだ？　いったい何をしたのだ？」

「私は、対象の物に触れて、色や形を想像した通りに変化させることが出来るのです」

「なんだと……？　これが……これが君のイメージした色と形ということか……」

公爵は両腕を動かしながら、しばらくの間、布地を繁々と見つめていた。

「プププ。どうして、そんな貧相な服に変えたのです？　何かの嫌がらせですか？」

ギヨームが面白がって茶化してきた。

これでも公爵に似合うかなって思って、ネイビーに細いストライプが入っているデザインにしたのに。まあ何の装飾もないスーツって、確かに地味で貧相だけど。

「ち、違います！　変化がわかりやすいかと思いまして――」

ちょっと言い訳が苦しい。

公爵も憮然としたままだ。

「君の魔法はわかったから、とりあえず元に戻してくれ」

え？　えぇーっと。

……………………………………どんなだっけ？

見てなかったー!!

公爵の顔が良すぎるせいだと思う。顔ばっか見ちゃうもん。

これ――公爵を囲んで女性たちに五分間会話をさせた後、公爵から引き剝がして、「さあ、公爵が着ていたのはどっち？」って、二種類のフリップを見せても、なかなか正解しないんじゃないかな。

五択に増えたら正解者出ないかも。絶対そうなるって!!

黙ったまま返事をしない私を、公爵が鋭い眼差しで見つめていた。

うげっ。バッチリ目が合ってしまった。

やだ、怖い。スンと無表情を貼り付けたような綺麗なお顔から、とんでもなく低く冷たい声が漏れた。

「まさか——。元に戻せないのか？」

……う、迂闊でした。

「……はい。そこまで便利ではないのです」

うわぁぁぁぁ!!

イメージできないと無理なんです。

公爵が着ている服をちゃんと見てなかったから戻せないー！

「……………………」

公爵の沈黙が怖い。

笑い声さえ出していないけど、手で顔を覆って肩を揺らしているギヨームは許せん。

幕間

規格外の被後見人は頭痛の種ではあるけれど

tenseishita
watashiha osanai
onnahakushaku

夕食後、「マルティーヌ嬢のことで話がある」と言って、サッシュバル夫人とレイモンに応接室に移動してもらった。

「リュドビク様は赤ワインでしたわよね？」

「ええ」

私が指示するまでもなく、レイモンが軽くうなずいて部屋を出て行く。彼は本当によくできた家令だ。彼がいるからマルティーヌ嬢を安心して領地に置いておける。

程なく戻ったレイモンは、私と、向かいに座っているサッシュバル夫人に、赤ワインのグラスをサーブすると、私の側にいるギヨームのやや後ろに控えめに立った。

私がモンテンセン伯爵領にやって来たのは、被後見人であるマルティーヌ嬢の様子を見るためと、彼女の教育について話し合うためだったのに、まだその目的を果たせずにいる。

後見人としての威厳を保ちつつ、たるんでいるマルティーヌ嬢に釘を刺しておきたかったのだが、昼間の失態のせいで彼女にはいまだに強く言えずにいた。

――――やってしまった。

とんでもない失態を演じてしまった。失態どころか醜態だ。いくら空腹だったとはいえ、あれはない。

食に対する欲求は完璧に抑え込むことができるようになり、これまではきちんと制御できていたはずなのに。

あのとき――。テーブルに置かれた赤いものがケチャップであることは瞬時にわかった。

と同時に、それを食したときの記憶が蘇ったのだ。

マルティーヌ嬢から『ケチャップなるもの』が送られてきたときに同封されていた手紙に、「卵料理にとてもよく合います」と書かれていたため、何気なくオムレツに添えて食べてみたのだが、あまりの美味しさに、それからしばらくは毎食ケチャップを食べるほどに気に入ってしまった。

私の目の前で、マルティーヌ嬢が惜しげもなくケチャップをつけて得意げに掲げた細長いものは、卵料理ではなかった。

だが、とても美味しそうな匂いがしていた。

そして気がついたときには、カリカリホクホクしたものが口の中に入っていた。

どうやら無意識に食べてしまったらしい。他人のフォークに刺さっていたものを――！

なんと恐ろしい食べ物なのだろうか。

どんなに食い意地が張っていようと、私はよく知らない食べ物を易々《やすやす》と口にするようなことは決してしない。命に関わる行為だからだ。

それなのに――。

あのケチャップを付けられたソレに、私の理性は吹き飛んでしまったらしい。

あまりの恐ろしさに、私はあの後、アレを直視することができなかった。

そんな私を気遣ってか、私が心置きなく食べられるようにと夕食にも同じものが出された。

『ジャガイモを素揚げしただけなので、フライドポテトと呼んでおります』

そうマルティーヌ嬢が誇らしげに紹介していた。

悪気はないのだろうが、やめてほしかった。

『ほら。リュドビク様。これは食べておくべきですわよ！　きっと虜になること請け合いですわ』

夕食の席で隣に座ったサッシュバル夫人が、しきりにそう勧めたことを思い出すと、ずるずると昔の記憶までもが這い出てきた。

幼い頃の私とギヨームは、よく母に連れられて、彼女の学友だったサッシュバル夫人のところへ遊びに行っていた。

サッシュバル伯爵家の子どもたちは私たちと近い年齢だったので、子ども同士でよく遊んだものだ。

あの頃のサッシュバル夫人は、「さあ、お腹がすいたでしょう？　みんなでお腹いっぱい食べましょうね」などと、貴族らしからぬことを言っていた。

おそらく母の、「命の危険や倫理的な問題が生じない限り、子どものうちは、なるべく我慢をさせたくない」という思いを知っていたからだろう。

賢いサッシュバル夫人のことだ。他の家の子どもたちには一般的な貴族的対応をしていたに違いない。

私もギヨームもよく食べた。家でも外でも変わらずに。

私が美味しそうに食べると、母だけでなく周りの大人たちが皆嬉しそうに笑った。だから良いことをしていると思ったのだ。美味しいものを、食べたいだけ喜んで食べた。

まさかそれが弊害をもたらすなど、子どもの私にどうして想像することができようか？

私の体は徐々に横に膨らんでいった。不思議とギヨームの体型は変わらなかったが。

同じだけ食べていたはずなのに、私の体だけがみるみるうちに丸くなっていったのだ……。

◆・◇・◆

「それにしても、あの丸々としていた男の子が、こんなにも精悍な男性に成長するとはねぇ……」

心ここに在らずといった私に、サッシュバル夫人が感慨深げに切り出した。

「あの頃のリュドビク様の周りには、なんというか、あまり利口でない方もいらっしゃいましたからね。私はずっと心配しておりましたのよ？」

彼女もワイングラスを傾けながら昔に思いを馳せていたようだ。

子ども時代など、もう随分と昔のことだ。

「成人されてからは別の意味で、あのときのご令嬢たちに囲まれていらっしゃいますものね。まあ私には、苦虫を嚙み潰したような顔に見えますけれど、周囲には気取られていないようですから、上手に隠せる大人になられたのですね」

……ああ、そうだとも。何が、『子どもじみたいたずらですわ』だ。

そんな言い訳をする時点で彼女らの品性を疑う。

昔は、私のような醜い人間が一人いるだけで、『貴族社会全体の品位が下がる』などと言っていたくせに。

「リュドビク様は、それはもう、学園入学前に狂ったように体を動かされていましたからねー。いや、あれは痛めつけていると言った方が正しいかもしれません。今のマルティーヌ様とは逆で、座学はほとんどされませんでしたよね？　それが今じゃ、書斎にこもって書類仕事で座りっぱなし。そりゃあ美味しいもの――特に甘いものを求めるのは仕方がないですよ！」

ギヨームが許可を求めず勝手に口を挟むのは今に始まったことではない。

ちゃっかりワイングラスを手にしていることにも驚きはしない。

「パウンドケーキは日持ちすると聞いていたので、マルティーヌ様が領地に戻られてからも定期的に届くんじゃないかって、それはそれは首を長くして待っていたんですけどねー？　いやあ待てど暮らせど来ないもんで、どうしちゃったのかなーって」

ギヨームがあまりに赤裸々に語るので、口に含んだワインを思わず吹き出しそうになった。

たとえ事実であっても、そんな言い方では催促しているように聞こえるではないか。

私が否定しようとした気配を感じ取ったのか、レイモンの方が先に口を開いた。

「…………。後見人をお引き受けいただきましたお礼につきましては、私どもも考えているところでして」

ギヨームは、「待ってました！」と言わんばかりに大袈裟に喜び、私に断る隙を与えずに勝手に話を決めた。

「じゃあ週に一度、パウンドケーキなどの焼き菓子とケチャップを送ってください。ああ、こちらから取りに行かせるので心配はいりません。詳細は後ほど詰めましょう」

「承知しました。それでは私の方で手配いたします。……………フランクール公爵閣下」

「何だ？」

レイモンから急に名前を呼ばれ、ジロリと視線だけを彼に向けた。

「私からも一つよろしいでしょうか？」

「聞こう」

「はい。時々でよいので、マルティーヌ様にお褒めの言葉をかけていただけないでしょうか」

「……褒める？　サッシュバル夫人ではなく私が褒めるのか？　何故だ？」

レイモンからの意外な申し出に戸惑ってしまった。

「マルティーヌ様は、後見人であられるフランクール公爵閣下の評価を気にされておいでですので。美味しいお菓子でおもてなしをしようと頑張っておられるのも、閣下に喜んでいただきたいという純粋な思いからです。努力していることを閣下に認めていただけるだけで、学習を継続させる原動力になると思われます」

純粋な思い？　あのマルティーヌ嬢が純粋な思いで私に菓子を？　とてもそうは見えなかったが。美味しいもので私を懐柔しようと目論《もくろ》んでいるのかと思っていた。

まあレイモンが彼女のことを贔屓目《ひいきめ》に見るのは仕方のないことだ。

「……そうか。善処する」

話が一段落するまで待っていたらしいサッシュバル夫人が、問題を提起した。

「そんなことよりも、マルティーヌ様について話し合いませんと。夕食にはきちんとドレスに着替えていらっしゃいますが、普段のお召し物に対する無関心さには驚かされましたわ。ご家庭の事情も考慮して、私はできるだけ学習以外のことには口出ししないようにしておりますけれど」

夫人が言わんとしていることはレイモンも感じていたことらしく、彼女の非難めいた視線を甘んじて受け止めている。

「普通はどんなに小さな子どもでも、女の子であれば可愛らしく着飾りたいと思うものですのに。マルティーヌ様は、ご自身を飾られることにご興味がなさすぎるように思うのです。普段のドレスも、もう少しご身分に相応しいものにしていただきたいのですけれど」

言われてみれば私も思い当たった。

「そういえば、今日挨拶をしたときは質素なドレスを着ていたな。王都ではいつも、それなりの格好をしていたと思うが」

レイモンはそっと目を伏せ、一瞬だけ瞑目した。そして目を開くと、私の顔をしっかりと見据えて話し始めた。

「フランクール公爵閣下。マルティーヌ様からお話を聞かれているかと存じますが、このお屋敷でマルティーヌ様が普段着られているお召し物は、全てマルティーヌ様が自ら作られたものでございます」

そう聞いてハッとした。

「……そうだったのか。なるほどな」

　サッシュバル夫人は、通じ合っている私たちに置いていかれたことが不服らしく、すぐさま説明を求めた。

「マルティーヌ様がドレスを縫われたということですか？　おかしいですわね。マルティーヌ様の裁縫の腕はそこまでではございませんわよ？」

「実は――。マルティーヌ嬢は少し変わった固有魔法を有しているのです。触れた物の色や形を変えることができるようなのです。おそらく普段着ているドレスも、布地を触って簡易なドレスに仕立てたのでしょう」

「まあ！　そんな――そんなことが可能ですの？　そういうことでしたの……」

　信頼できる相手だからマルティーヌ嬢の秘密を打ち明けたのだが、私が懸念していることを夫人がどの程度感じているか念のため確かめておきたい。

「あなたは王族方についてどのような印象をお持ちですか？」

「あら、おかしなことをお聞きになるのですね？　リュドビク様の方がよくご存じではありませんか」

「国王陛下と王太子殿下については、まあそれなりに理解しているつもりです」

「なるほど……。同じ女性として、あの俗物をどう見るかとお尋ねされた訳なのですね」

　サッシュバル夫人が王妃陛下のことを『俗物』と称したことに驚いたが、彼女の、「あなたがそう言わせたのですよ？」という表情を見て、そういえばこういう方だったと思い出し、ため息をついてしまった。

サッシュバル夫人はお構いなしに続ける。

「あのお方は昔とちっともお変わりないようですわね。話題のモノに飛びつく悪い癖は直っていないようですし。周囲が引くような変わったモノも大好きでいらっしゃる……。つまり――」

マルティーヌの固有魔法が王妃に知られたら、とんでもなく厄介なことになるということだ。

彼女が飽きるまで、色々と魔法を使わされることだろう。ただただ面白半分に。

国防や産業面でその力が使えないかと囲い込まれることも怖いが、王妃の飽くなき好奇心に付き合わされるのも相当に恐ろしい。

サッシュバル夫人も、自分で言いながらあれやこれやを想像したのだろう。「はぁー」と大きなため息をついている。

「くれぐれも露見しないよう、領地にいる間もどうか留意していただきたい」

「承知しました。ですが、学園に入学した後の方が大変かもしれませんわね。マルティーヌ様は賢いとはいえ、あまり世の中のことをご存じないようですから」

「そうですね」

しみじみと同意する。

……本当に。頭の痛い話だ。

「まあ心配したところでどうなる訳でもありませんわ。それよりも当面の問題ですが、学園に入学されるまでに一度――来年になるかと思いますが、お茶会の主催をマルティーヌ様に経験していただきたいと思うのです。招待客などはもちろんリュドビク様にご相談させていただきますけれど」

　サッシュバル夫人がチラリとこちらを窺う。

「ええ。そうですね。よいと思います」

「うふふ。ここの料理人の腕は素晴らしいですからね。お料理もお菓子も申し分ありません」

　レイモンが少しだけ頬を紅潮させて申し添えた。

「珍しいものは、料理も菓子も全てマルティーヌ様のご発案でございます」

「彼女が厨房で料理をしているのか？」

　思わずレイモンを睨みつけてしまったが、彼はたじろがない。

「いいえ。決してそのようなことはございません。確かに厨房に足を運ばれることはございますが、料理人に指示をするだけですので」

　またしてもギヨームが割り込んで茶化した。

「そのお茶会には是非とも招待していただきたいなー。きっと色んなお菓子が、王都でも食べられないような美味しいものが出るんだろうねー」

　私がいくら顔をしかめようと、ギヨームは気にする素振りすら見せない。

「あー。明日にはここを離れるけど、マルティーヌ様のことだから、きっとお土産に日持ちのするお菓子をたくさん持たせてくれるんだろうなー。できれば想定されている倍は持って帰りたいなー」

　レイモンは全く表情を変えないが、ギヨームはもちろん承知の上だ。彼の耳にさえ入れておけば実現するのだから問題ないと踏んでいるのだ。

「フランクール公爵閣下。お話を戻してしまい恐縮なのですが。マルティーヌ様がケチャップと名付けられたものの商品化につきましては、進めてよろしいのでしょうか？　――と申しましても、今年はもう原材料が尽きてしまったので来年の話になるとは思いますが」

……そうだな。モンテンセン伯爵領の発展のためだ。新たな産業となるようであれば、それは喜ばしいことだ。

ケチャップの見た目はともかく味は良い。

「ケチャップという名付けセンスは置いておくとして。卵料理だけでなく他の料理にも合うかもしれないな」

ポツリとつぶやいたら、サッシュバル夫人が驚いた顔をして付け加えた。

「あら。私たちは既にジャガイモに合うことを知っているはずですわ」

確かにそうだ。そのことは忘れていたかったが……。

「レイモン。原材料が尽きたと言ったな？」

「はい。トマトを使われているのですが、モンテンセン伯爵領では栽培している者が少なかったので、今年採れたものは使い果たしたそうです」

「あのトマトという不気味な赤い野菜を、よく使おうなどと考えたものだ」

私が感心していると、ギヨームも気安く相槌を打った。

「本当ですよ。まさかアレを使うとはねー。あんな毒々しい見た目のものをよく食べようと思ったものです……。マルティーヌ様は新たな食材探しに貪欲なのですね！」

「貪欲――か……」

トマトは、二十年ほど前の飢饉の折、隣国から小麦を買い付ける際に、いくつかの野菜も一緒に買わされたのだが、確かその中の一つだったはずだ。

当時は、平民でも食べないようなものを買わされる羽目になったと、大人たちがほとほと困り果てていたように記憶している。

「我が国で密かに根付いていたのか。まさか栽培している者がいたとはな……」

「そういえば、平民はスープに入れて食べるのだと聞いたことがあります。割と育てやすいため、二十年経った今でも栽培は続いているようですよ？」

ギヨームがさらりと言う。

「それは我が領地の者に聞いた話か？」

「ええ。そうです。あー、はいはい。おっしゃりたいことはわかっています。領地内のトマトをかき集めてマルティーヌ様に送ればよいのですね？」

「何も言っておらぬ」

「では早速戻り次第手配いたしましょう！」

私が話し合いたかったことは、何一つ話し合えていないというのに、何故か胸の内には満足感が広がっているのだった。

番外編

在りし日の記憶

tenseishita
watashiha osanai
onnahakushaku

「おーい。レイモン！　レイモーン！」

大声で名前を呼ばれた方へ急いで駆けつければ、熊のような巨躯《きょく》がドスドスと屋敷の中を歩いていた。まあこの家の使用人で彼を止められる者はいないだろう。

「モンテンセン伯爵家のカントリーハウスで、そのように大きな声を出されるのは止めていただきたいと、何度も申し上げたはずですが。アレスター様」

「ふんっ。今じゃお前ら使用人の宿舎じゃろうが。誰に気を遣う必要がある？」

先代のヘンドリック様が亡くなり、ご嫡男のニコラ様が跡を継がれてかれこれ十年近くになるが、確かにニコラ様は一度も領地に戻られていない。だが、だからといって傍若無人な振る舞いが許されるものではない。

「領主様は王都にいらっしゃいます。いつお戻りになられてもよいように準備をしておくのが私の務めでございます。領主様がいらっしゃったときに――」

「わかった。わかった。もうそれくらいで勘弁してくれ。それよりも、今日は頼みがあって来たんじゃ」

アレスター様が、この私に『頼み』？　背中がゾワリと震えた。

「ガハハ。そう構えることはない。ほぅら。見てみろ。これを頼もうと思ってな！」

アレスター様がそう言って体の前に押し出したそれは、五、六歳くらいの幼い男の子だった。

拾ってきた子犬を押し付けるような気軽さに辟易《へきえき》とする。

「これとは何ですか。仮にも人の子を――あ！」

目の前の男の子の髪は白く、瞳は赤かった。

「これは――この子は……」

噂でしか聞いたことのない流浪の民の特徴だ。

どこぞの王が、「赤い瞳など気味が悪い」と、自国に近接する定住場所から追い立てたという。

それ以来散り散りになった一族。

それがいつの話なのか、本当にあった出来事なのかわからないが、白髪赤瞳の人間は、どこの国でも厄介者扱いされ、皆、関わり合いになろうとはしない。

よくもまあ、そんな問題児を連れてきたものだ。

「森で拾ったんじゃ。何、お前なら得意だろうと思ってな。自分がしてもらったことをコイツにしてやればいいだけじゃからのぉ」

「な――」

アレスター様のイタズラっぽい目が雄弁に語っている。

『コイツは四十年前のお前と一緒だ』と。

そう四十年前……。私がヘンドリック様に初めてお会いしたのは十二歳のときだった。

◆・◇・◆

「どんなに腹が空いていようと、盗みは駄目だ」

「うるせー。オレに死ねって言うのかっ。食わなきゃ人は死ぬんだぞっ」

すれ違いざまに金持ちの男のポケットを探って、ズシリと思い小袋を探り当てたまではよかった。

そっと抜き取る寸前、男に腕を摑まれてしまった。

「ちっ」

男の護衛らしき者たちがあっという間に駆け寄ってきて、オレは羽交い締めにされてしまった。

けっ。ついてない。

腹を空かせたことなんかない奴に、偉そうに説教されてムカつく。

それにしてもしくじった。こんなゴツい奴らを連れていたとはなぁ。オレはこの後、こいつらに殴られるのか……。

「親は何をしている?」

オレを見下ろしている男が馬鹿みたいなことを聞いてきた。

「は？　親なんかいねえよ」

「そうか。家はあるのか?」

「ねえよ、そんなもん」

男のくだらない質問に答えてやったというのに、腕を押さえている奴に膝裏を蹴られてひざまずかされた。

「何て口をきくのだ！　このお方がどなたか――」

「よすのだ」と、男が護衛を制した。そしてオレの前に膝をつくとオレの目を見て言った。

「今のお前の境遇は私のせいだ。すまぬ」

「ヘンドリック様！　何をなさっているのです！」

護衛たちはオレを乱暴に放り出すと、ヘンドリックとかいう男に駆け寄って、体を支えて起こしたり、膝の汚れを払ったりしている。

この隙に逃げようと、そっと背を向けて走りかけたが、ヘンドリックに腕を掴まれた。

「ちくしょう！　なんだよっ」

「今までの分を取り返してやろうと思ってな」

……は？　取り返すって何を？　何を言ってんだ、この男は？

「ヘンドリック様。いくら何でも酔狂が過ぎるのではございませんか？」

護衛たちはなおも反対していたが、結局オレはヘンドリックに大きな屋敷に連れて行かれた。

風呂に入れられ着替えさせられたオレは、使用人から、ヘンドリックというのはこの領地の領主様だと聞かされ驚いた。

物心ついたときにはすでに一人だったオレは、誰からも何も教わっていない。

読み書きも常識も知らないオレは領主の名前すら知らなかった。何せただのクソガキだったからな。

その日から、大人の使用人が入れ代わり立ち代わり、オレに『行儀』というやつを叩き込んだ。覚えが悪くても失敗しても誰もオレを殴らなかった。信じられないことだ。

寝床と飯がもらえるなら、別にそいつらに付き合うくらい訳ない。それに読み書きが出来て困ることなんかない。文字を全部覚えたら出て行けばいい。オレはそう決めた。

『レイモン』という名前はヘンドリックが付けた。「オレに名前なんかない」って言ったら、その場で決めやがった。

それからは屋敷の連中がこぞってオレを「レイモン」と呼びやがる。気持ちが悪いったらありゃしねぇ。返事をしねえといつまでも呼ぶもんだから、オレもつい返事をしちまう。ちぇっ。

ヘンドリックは変わった奴だ。「幸せでない領民がいるとしたら、まず間違いなく私が悪い」と、よく言っていた。

意味がわからない。何で他人の不幸の責任を取る必要がある？

「この地で暮らす者たちに、安心と安全を約束するのが領主の役目だからな。雨露に濡れる者や腹を空かせている者がいるとしたら、私が至らぬせいなのだ」

「はあ？　どうしたってそういう奴は出てくるだろ。神様にでもなるつもりか？」

「ははは。お前はまずは学校へ行け。卒業したら、自分が何者になれるのか、ゆっくり考えるとよい」

私が王都の学校を卒業し、ヘンドリック様の領地経営の補佐を始めばかりの頃だった。

数十年に一度という大規模な暴風雨に見舞われ、領地の至る所で甚大な被害が発生した。

窮地に立ったヘンドリック様の元に縁談が舞い込んだ。貰い手のない我が儘娘に多額の持参金を付けて、押し付けてきたのだ。

　そんな結婚がうまくいく訳がない。案の定、奥様はお子様たちを連れられて王都のタウンハウスに引き籠もってしまわれた。

「金で売られたと思ったのだろう。無理もない。私も至らなかったと思う。だが、ここまで嫌われるとはな……。妻は私だけでなくこの領地までも嫌っているようだが、息子たちもそうなのだろうか？　息子たちの教育係がころころ変わっている点も心配だ。この前会ったときの様子だと、二人とも他人の気持ちを思いやることが出来ないようだった。もし将来、愚かな領主となり領民たちを苦しめる日が来たらと思うと……。レイモン。お前に苦労をかけることになるが、息子を支えてこの領地を守ってくれるか？」

「もちろんでございます。私はあなた様に忠誠を誓いました。それはご一家に誓ったも同然です。ニコラ様がどのようなお方におなりであろうと、私の忠誠は変わりありません」

「そうか。それを聞けてよかった」

◆・◇・◆

　あのときのヘンドリック様の穏やかなお顔が忘れられない。

　ニコラ様に二心など抱いてはならない。それでは約束を違《たが》えてしまう。ヘンドリック様に顔向けできないではないか――。

「おい！　レイモン！」

はっ。私としたことが……。

「後は任せたぞ。コイツが人並みになったらワシがけいこをつけてやるわ！　ガッハッハッ」

言いたいことだけを言って振り返りもせずに歩いて行く。アレスター様は相変わらずだ。

まったく。勝手に拾ってきた子どもを私に押し付けるとは。ドニだけで手一杯だというのに。

「まず、あなたの名前を聞きましょうか」

「……リエーフ」

「歳は？」

「六歳――かな？　多分……」

「六歳……」

なるほど。奇《く》しくもお嬢様と同じ歳ということですか。

「では、リエーフ。いいですか。よく聞きなさい。お前がこの屋敷に連れて来られた理由を教えましょう。お前が生きる理由です。お前の主人は――――」

アレスター様の人を見る目は確かですし、ヘンドリック様もあの方の勘働きを買っておられた。

不思議な巡り合わせですが、私に出来ることをやるとしましょう。

あとがき

本作をお手に取ってくださった皆様、本当にありがとうございます。皆様に読んでいただけることが何より幸せな「もーりんもも」です。

張り切って加筆して番外編も書き下ろしたため、想定以上にページが増えました。書店から持って帰るときちょっと重かったですよね。二巻は程よい感じにまとめたいと思います。

さてさて。

本作は異世界に転生した主人公の日常を綴ったものですが、執筆を始めるとき、「負」の要素はできるだけ排除しようと決めていました。

私自身、小説の登場人物の辛い経験を追体験するのは苦手なので、この作品では、なるべく精神的な負担をかけることのないよう気をつけています。

マルティーヌの元気溌剌なパワーをお届けしたつもりですが、届きましたでしょうか?

中身はアラサーのマルティーヌですが、十二歳の少女の姿を結構気に入っています。出だしはイマイチだった転生ライフも、過保護で優しい使用人たちに囲まれて幸せな日常へと変化しました。

本作では、領地経営（物作り）と恋愛が二本柱となる予定なのですが、一巻ではまだまだ恋愛要素は薄いです。なにせマルティーヌはまだ十二歳ですから………お許しを。

タイトルにある後見人の食いしん坊公爵ですが、一巻では餌付けに成功したようなしてないようなな……？　まだまだマルティーヌの『公爵懐柔作戦』は続きますのでお楽しみに。


ここからは謝辞を。

ドンピシャのイラストを描いてくださった呱々唄七つ先生に、まずはお礼申し上げます。「あら？　先生はマルティーヌや他のキャラたちのことを、もしかしてご存じでしたか？」と思ったくらいです。

私の思い描いていたキャラたちがイラストになって送られてきたときは狂喜乱舞しました。

カバーイラストの、やる気満々のマルティーヌの姿に思いっきりハートを撃ち抜かれました。それからはカラー印刷したイラストをずっと手元に置いて執筆しています。（あー、アクスタが欲しい！）

表紙をご覧いただいた皆様ならば、きっと同意してくださると思います。このマルティーヌだけで本作の内容がわかるのではないでしょうか。

次に担当編集様にもお礼を。初めての書籍化で右も左もわからない私に、毎回一つ一つ丁寧に説明と確認をしてくださり、本当にありがとうございました。

最後に読者の皆様に感謝を。本作は、もともと『小説家になろう』で連載していた小説です。（現在も連載中です）
『小説家になろう』で本作を見つけてお読みいただいた方、更に応援コメントを書き込んでくださった方、皆様のお陰でこうして書籍化することができました。本当に感謝でいっぱいです。
これからも引き続き応援よろしくお願いします。

もーりんもも

EARTH STAR LUNA
転生しました、サラナ・キンジェです。ごきげんよう。
～婚約破棄されたので田舎で気ままに暮らしたいと思います～
サラナ・キンジェです。ごきげんよう。
まゆらん
illust. 匈歌ハトリ
1巻 特集ページはこちら!

婚約破棄されたので辺境で家族と
仲良くスローライフを送るはずが……
なぜか
前世知識でモノづくり&
ビジネスライフ!?

転生したら最愛の家族に
もう一度出会えました
前世のチートで
I make delicious meal for my beloved family
美味しいごはんをつくります
あやさくら
Illustration CONACO
EARTH STAR LUNA

ちびっこの作るお料理に、
大人たちもメロメロで!?

これ!しゅごくおいちい!

赤ん坊の私を拾って育てた大事な家族。

まだ3歳だけど……

前世の農業・料理知識フル活用で
みんなのお食事つくります!

前世農家の娘だったアーシェラは、赤ん坊の頃に攫われて今は拾ってくれた家族の深い愛情のもと、すくすくと成長中。そんな3歳のある日、ふと思い立ち硬くなったパンを使ってラスクを作成したらこれが大好評! 「美味い…」「まあ! 美味しいわ!」「よし。レシピを登録申請する!」 え!? あれよあれよという間に製品化し世に広まっていく前世の料理。さらには稲作、養蜂、日本食。薬にも兵糧にもなる食用菊をも展開し、暗雲立ち込める大陸にかすかな光をもたらしていく——

シリーズ詳細をチェック!

EARTH STAR NOVEL

転生した私は幼い女伯爵①
後見人の公爵に餌付けしながら、領地発展のために万能魔法で色々作るつもりです

発行 ―――― 2024年11月15日　初版第1刷発行

著者 ―――― もーりんもも

イラストレーター ―――― 呱々唄七つ

装丁デザイン ―――― AFTERGLOW

発行者 ―――― 幕内和博

編集 ―――― 結城智史

発行所 ―――― 株式会社アース・スター エンターテイメント
〒141-0021　東京都品川区上大崎 3-1-1
目黒セントラルスクエア　7F
TEL：03-5561-7630
FAX：03-5561-7632

印刷・製本 ―――― 中央精版印刷株式会社

ISBN 978-4-8030-2034-2